Nich mit mich!

Liebevoll und von ganzem Herzen
Hugo Scheiermann gewidmet

Mein besonderer Dank gilt dem Mercator-Verlag, der mich in mein Wollen, lokal Arbeitsplätze zu sichern (wie schon bei „Hömma, Härzken") unterstützt hat und dies erneut tut. So ist auch „Nich mit mich" – unabhängig von wirtschaftlichen Überlegungen- in Duisburg gedruckt worden. Soziale Verantwortung ist keine Selbstverständlichkeit mehr – umso mehr danke ich für das Engagement meines Verlegers und aller seiner Mitarbeiter, die für meine Wünsche stets mehr als nur ein offenes Ohr hatten.

MIMI MÜLLER
NICH MIT MICH!

NEUE GESCHICHTEN AUS DEM POTT

MIT ILLUSTRATIONEN VON THOMAS PLASSMANN

MERCATOR-VERLAG

Mimi Müller

Seit nunmehr rund 7 Jahren erscheinen ihre Kolumnen Woche für Woche im Ruhrgebiet: ob in der Bildzeitung oder dem Duisburger Wochen-Anzeiger, im Lokalradio, dem Bürgerfunk oder auf ihren literarisch-kabarettistischen Lesungen – die frechen Kommentare der Liricher Schriftstellerin zu Zeitgeist und Politik haben eine immer größer werdende Fangemeinde.

Das Erstlingswerk „Hömma, Härzken" „der scharf beobachtenden Schreiberin mit dem subtilen, feinsinnigen Humor" (Rheinische Post) im Mercator-Verlag war in kürzester Zeit vergriffen und erscheint demnächst in fünfter Auflage. „Nich mit mich!" ist der „Nachschlach aussem Pott". Weilet so lecker waa. Und genuch da is für alle. Wie Frau Müller sagen würde.

Thomas Plaßmann

Der in Essen geboren und glücklich verheiratete Familienvater ist seit 1987 als freischaffender Karikaturist (u. a. für die NRZ und Frankfurter Rundschau) tätig und gewann 1999 die „Spitze Feder" des Bundesverbandes Deutscher Zeitungsverleger für die besten politischen Karikaturen. Seine Zeichnungen begleiten auch die Texte des erfolgreichen Buches „Hömma, Härzken".

Beide leben und arbeiten im Pott.

Die Deutsche Bibliothek – CIP-Einheitsaufnahme
Ein Titelsatz für diese Publikation ist bei der
Deutschen Bibliothek erhältlich.

© Copyright 2001 by
GERT WOHLFARTH GmbH
Verlag Fachtechnik + Mercator-Verlag, Duisburg

ISBN 3-87463-322-5

INHALT

GESCHAFFT

Et ging natürlich widder ma alles kaputt. Ers dä Bildschirm, dann die Tastatur und zum Schluß meine Schulter. Mausarm, sacht mein Masseur. Datt Manuskript hat abber immernoch dä gleiche Drucker ausgedruckt wie beim letzten Ma.

Ich freu mich ganz genauso wie beim ersten Buch, vielleicht bisken mehr noch, weil ich gezz ne Ahnung hab, für wen ich schreib. Vielleicht hab ich ja Sie (grade Sie!) auf ne Lesung gesehn, vielleicht hamwer klein Pläuschken gehalten.

Datt is schön, wenn ich mir sowatt vorstelln kann. Ich hab gehört, datt meine Geschichten bis nach Australien verschickt wurden. Wissense watt datt für ein Gefühl is? Für mich gezz? Wenn ich mir vorstell, datt Sie am Strand gelegen ham, oder inne Wedau, ham n Buch gelesen, inne Sonne, odder vorm Einschlafen und: ich – ich hab datt geschrieben!! Wenn mir datt ne gute Fee prophezeit hätt! Datt is ein Gefühl...da is man für Sekunden wie besoffen vor Glück.

Selbs in einschlägige pollitische Kreise soll „Hömma, Härzken" ein Renner sein. Datt Buch, datt Sie gezz inne Fäustkes halten, is – wie schon „Hömma, Härzken" in Duisburg gedruckt worden, damit datt die Abbeitsplätze hier, im Pott, erhalten bleim.

Ihnen wünsch ich viel Freude beim Lesen, Sonne im Herzen, und allzeit eine gutgeputzte, rosarote Brille... Und vielleicht sehnwer uns ja, irgendwo hier, in unsrem Revier.

Minni Müller

MASKULIN

„Samma", sacht dä Bommel für mich, „watt is eigentlich die männliche Form von Politesse? Politest odder Politesser odder watt?" „Männliche Form", mischt sich dä Schabrowski innet Gespräch, „männliche Form gibbet nich. Brauchet nich. Odder glaubße im Ernst, Männer würden sich für sowatt hergeben?"
„Nä", sacht Bommel, „hasse au widder waah", und dammit schien ersma datt Gespräch beendet.
Datt konnt ich abber so nich hinnehmen. „Seit ihr denn kein Stücksken emmanzepiert?" sach ich fürn Kuat, „da müsster doch drum kämpfen, umme Gleichberechtigung! Datt könnt ihr donnich einfach so hinnehmen, sonne Diskremmenierung. Wenichstens ne männliche Bezeichnung muss her! Datt is datt Mindeste." Und au datt Höchste, wie man als formalgleichberechtichte Frau weiß.
Gegen datt Aggement selbs konnt ich ja nix einwenden – ich hab noch nieniemals von nem Pollitesserich ein Knölleken gekricht. Immer nur sindet Frauen, die sich die Hacken ablaufen, unglückliche, verhärmte Frauen, mit denen et datt Leben nich sonderlich gut gemeint hat.
Tach ein, Tach aus, bei Wind und Wetter raus anne Front bundesdeutscher Paakplatzkriege, Einstehn für Recht un Ordnung auf willkürlich annektierte Böden, dann immer die erdrückende Haushaltslast auffe Schultern, verachtet, geächtet, ungeliebt – datt alles hinterläßt Spuren.
Männer könnten datt nich, kein Mann wär persönlich inne Lage ohne Ansehen von Automarke und PS gleichmäßich flächendeckend seine Geschlechtsge-

nossen datt Geld ausse Tasche zu ziehn, nur weil se ma einkaufen müssen.

Jedenfalls is mir noch keiner begeechnet. Ich denk ma, die würden sich au gaa nich raustrauen inne Krisengebiete inne Innenstadt, unbewaffnet doch schonn gaa nich.

Müssense abber au nich. Weil Frauen ja, einma mehr, die „Abbeit" für sie verrichten. Unterbezahlt, ohne Gefahren- und Schlechtwetterzulagen, Tach und Nacht auffe Straße, im Akkord, 9.100 ma im Jahr… Datt is nemmich datt jährliche Soll an Knöllekes, watt die aamen Fraun erjagen müssen.

Ein Berufsfeld mit explodierende Beschäftigungs- zahlen und jährlich neue Umsatzrekorde, datt abber dem Manne völlich verschlossen is.

Heutzetage. Als Folge vonne weibliche Emman- zepatzion. Im Mittelalter waa datt noch ne reine Männerdomäne.

Und nannte sich „Raubritter".

Wer waa nomma Berger?

Ich sach et besser gleich: Ich bin dagegen. Ich bin da sogga sehr dagegen. Schlachzeile, Titelseite: „Experten: Politiker sollen mehr verdienen". Konnte man eigentlich nich überlesen, stand direkt neben „EU: Weitere Zechen sollen schließen" und „Skinheads jagen Afrikaner". Wie au immer: Die Bergerkommission, die wo die Einkommen von Politikern untersucht, hat eine DEUTLICHE Erhöhung vorgeschlagen!!!

Ma als Beispiel hamse den aamen Herrn Clemmetz genommen: Unsern Ministerpressedenten erhielte „NUR" 350.000 Maak Emmchen im Jahr. In Euro also quasi nix mehr – und deshalb soll datt erhöht werden auf 600.000 Maak – dafür muß er dann abber selbs für seine Übberversorgung sorgen. Watt ne bittere Pille! Gehaltserhöhung von ne Viertelmillion – und er zahlt 10 % bis zur Beitrachsbemessungsgrenze inne Rentenkasse. Ich lach mich kaputt! Watt ich mich natürlich gezz ma widder fraach, is: Wer is denn eigentlich dieser Herr Berger? Wetten, datt dä nich im Bund der Steuerzahler is? Vielleicht hat abber au Erika Berger aussen politischen Nachthimmel gelesen? Könnt eim egal sein, wennet nich so expansiv wär, datt Geschäft. Ers ein Selbsbedienungsladen – gezz, innet Zeitalter dä Globallisierung: die Selbsbedienungskette. Man machet kaum glauben. Wie gesacht: Ich bin dagegen. „Voller Bauch regiert nich gern", wie Herr Arnim sacht, der meine Omma sehr gut gekannt ham muß. Die sacht datt au.

Letztens war ich auf eine Veranstaltung, da hatt dä Kulturausschuß beredet, dattse gezz auße „Kulturinstitute" (datt sind au die Stadtbücherei, die Volks-

hochschule, die Musikschule), dattse da nu Unternehmen draus machen wollen. Und natürlich is dann au jedes gemeine Kulturauschußmitglied da Aufsichtsratsmitglied. Klein Zückerken. Und wie datt in Unternehmen so is: Datt geht nich ohne Personalabbau. Einziges Problem, watt ich derzeit seh, is datt einige vonne Firmen am Ende mehr Geschäftsführer ham als Personal und ich für die Ausleihe 5 Maak pro Buch zahl. Außerdem hat sonne Privatisierung (Autzoorßing) für unsere Unverantwortlichen dä Vorteil, datt man sich 1tens der Kontrolle vonne Aufsichtsbehörden entziehn kann und 2tens dä Haushalt ruckzuck (zuminnigens aum Papier) saniert gekricht hat. Nu könntze au übber sonne billigen Taschenspielertricks noch hinwechgehen, wennze als Bürger die Zeche nich zwei, drei und vierma zu zahlen hättz. Da gönnt sich jeder 'n kräftigen Schluck ausse Pulle. Vor Ort isset „nur" ein Zuch aussem Flachmänneken Maake „Fürst Schmettermich". Abber dä Rest dä Truppe, ob in Düsseldorf, München oder Berlin, macht sich grad dadran, Danziger-Goldwasser gleich literweise zu saufen. Sehnse, und da bin ich gegen. Abber ma ganz eindeutich! Nich nur, weil ich et keinem gönn, dä mit Geld nich umgehn kann, sondern au weil ich die Flocken selbs brauch: Meine Heizkostenabrechnung mit Ökosteuer und Dollarzuschlaach is da! Verbrauch um die Hälfte (!!!) reduziert – Nachzahlung 700 Maak.
Ansonsten waa ich schon immer für leistungsbezogene Vergütung – politisch ham wir da Reformstau.

MECKERFÖTTE

„Chef-Stadtplaner will Duisburg umkrempeln" – datt waa die Schlachzeile der Woche! Zum Einen, weil et ja strenggenommen gaa keine neue Nachricht waa, datt dä Phrasen-Dressler, unsern rheinischen Hochhäusle-Bauer, ma widder im Ortsverein seine Fiesionen verbreitet hat – datt kommt anfallsartich alle halbe Jahre. Zum Andern, weil er – und datt waa allerdings neu – gezz inne Offensive geht: „Ich hab die Meckerfötte satt", rief er denen entgegen, die seine Fiesionen für Düssburch kritisch sehen. Also mir.

Da ruf ich domma zurück: „Kann ich watt dafür?" Meinzeit, ers plaagen ihm die Fiesionen un gezz verliert er uns au noch die Nerven. Ich soll Rücksicht auf datt empfindliche Seelenleben vonne Unverantwortlichen nehmen? Ich bin datt doch, Sie natürlich au, die datt Ganze ertragen müssen, watt dä sich in schlaflose Nächte zusammenphantasiert. Da wird man ja wohl ma watt sagen dürfen.

Kuckense ma, letzhin, ich vermut ma, er kam grad aussem Amerika-Urlaub, da wollter noch die A59 turmaatich mit Hochhäuser übberbauen. Und nu, nich ganz ein Jaah später, da willer aum Burchplatz archäologische Ausgrabungen zur Innenstadtbelebung machen. Gezz fraach ich mich ja: War der diesen Sommer in Rom gewesen? Dä Multikasten, datt is klaa, da hat ihm auffen Tagesausfluuch datt CentrO inspiriert. Dann warer in Düsseldorf und wollt dem Clemmetz sein Stadttor. Dadder sich vom sozialen Wohnungsbau verabschieden will, datt hadder vermuttlich in Rio gesehn, bei denen tun et Wellblechhütten auch. (Odder datt hat ausnahmsweise

14

übberhauptnix mit Urlaub zu tun und datt is nur, weil die Spezialdemmekraten sich grundsätzlich gerade von alles verabschieden, watt sozial is.)

Abber egal. Weiter in sein Text: „Wir sind die absolute Upper Class unter den großen Städten." Hadder au noch gesacht. Wörtlich. Im Ernst gezz, ährlich, ich erzähl Ihnen hier nix. Ich hab au zweimal gelesen. Im ersten Moment fraacht man sich ja dann doch nomma, wo der Mann gezz genau gewesen is – abber am Ende is datt dann völlich belanglos. Die richtige Frage muß lauten: Könnenwer uns erlauben, dadder weiterhin verreist? Und: wie soll datt hier aussehn, wenner einma rund ummen Globus is? Und nu hadder au noch die Meckerfötte satt! Meckerfötte!!! – Meinzeit, wie dä Mann sich auszudrücken weiß! So volksverbunden: „Seht her, ich spreche eure Sprache. Ich bin weitgereist, abber ich kannet noch!" Hatt mein Buch abber noch nich gelesen, sons wüßte er, datt datt „Meckerperlen" heißt. Perlen. Lemminge laufen übrigens immer in die gleiche Richtung. Alle. Datt ist ihr Problem.

Na, vielleicht schenkt et ihm einer, der ihn ärgern will. Wir jedenfalls genießen die letzten schönen Sonnenstrahlen und ahnen schon die ersten Herbstfarben, die unsern guten alten Pott nach und nach golden färben werden. Schönheit erschließt sich eben nich jedem. Geht aber immer über Bedeutung hinaus.

P.S.: Und Hömma, Härzken: Du kanns mich Meckerperle nennen, aber sach nich nomma Berufsbürger für mich! Ehrenamt, vestehße? Ich mecker grattis.

15

FEDERBALL

Manches kommt ausse Mode, manches abber nie. Ich zum Beispiel, ich komm grad vom Federball. Datt sacht einem jungen Menschen heutzutage nix. Letztens, ich hatte Besuch und datt Gästebett frisch aufgetaakelt, da fraacht mich am näxten Morgen die junge Dame: Sach ma, watt is in deine Bettwäsche? Ich sach: „Wie, watt soll dadrin sein? Federn sind dadrin." Da stellte sich raus, datt datt Menschenkind sein Leben lang noch nich in ein Plümmo geschlafen hat, ja nich ma wußte, watt ein Plümmo is. Und ich hab dann erzählt wie ich dammals, inne Kindheit, in Oppa sein Gaaten, Hühner gerupft hab, watt zu diese Zeit völlig normal waa. Nich gezz, datt ich wußte, watt ich tat, datt Bewußtsein, datt ich quasi die Erna am Fleddern bin, datt kam ers später. Rosshaarkissen gabet au.

Jedenfalls habbich dann in eine nostalgische Anwandlung au noch vonne Eierkohle Sophia-Jacoba erzählt, vom Brikett und wie man datt am längsten am brennen halten kann. Wie au immer: Mein Besuch wußte nichma, watt Brikett is, von Sophia-Jacoba hatte dä Gast im Leben nonnix gehört, und ich bin dann in eine Ruhrgebiets-Fottoausstellung mit ihm gefahrn, für ma zu zeigen, watt Geschichte is. Die olle Zinkwanne inne Küche, dä Einmachkessel voll Wasser aum Herd und dä Schlackenberch in Sichtweite vom Küchenfenster.

Watt soll ich sagen: Datt is nur ein viertel Jahrhundert her, und ich hörte mich watt von eine Welt erzählen, die sowatt von untergegangen is, datt ich mir vorkam, als hätt ich als einzigen Dinosaurier übberlebt. Ich hab mich angehört wie mein Omma mit Siebzich. Von wegen „früher". Nur datt Omma immer gesacht hat, datt da alles viel besser gewesen sei. Datt kann ich nich behaupten. Heut isset schöner im Pott. Und die wesentlichen Dinge sind ja au erhalten geblieben: datt Plümmo, dä Federball und mein Melitta-Kaffeefilter.

Abber wie kam ich gezz dadrauf? Ach ja, wegen datt Disein. Disein is ja amerikanisch und heißt auf Hochdeutsch soviel wie Autfit. Also datt Erscheinungsbild. Und da stellte datt Kind der Neuzeit die Theorie auf, datt die Eierkohle ebenso wie datt Brikett vermuttlich an fehlendes Disein gescheitert sind. Immernur schwatt, immer die gleiche Form – datt konnte nich gut gehn. Heutzutage kannze alles verkaufen, vorausgesetzt datt Disein stimmt. Dann klapptat au mitte Sophia.

Ruckzuck warnwer inne Diskession übber dä Strukturwandel und am Ende innet Stattplanungsamt. Und daddet da au Zeit is für Moddernisierung. Ich hab dafür dann plädiert, datt demnäxt „Zitti-Disein-Office" zu nennen. Und dä gemeine Stattplaner „Zitti-Disein-Manager" wird und dä Planungsdezernent „Zitti-Disein-Art-Director."

Und datt wir die dann vor völlich neue Herausforderungen stellen: Wir schickense inne Wüste.

Addi und Erwin

Ich sach ja schon eine Weile nix mehr. Am Anfang noch, ja, aber heute? Nich mehr. Man kann ja au nich alles richtich stellen, datt is zuviel geworden. Wie die ein versuchen, zum Deppen zu machen. Sehnse ma, die Kinder glauben ja schon, datt Kühe im allgemeinen Lila sind und manchmal, wenn die Kuh auf Urlaub is, dann gibt solang ein Elefant die Schokkelade.

Zuletzt hab ich wegen diese Hustenbomboms einen langen Brief anne Firma geschrieben, Telefonnummer vom Zoo dabei, für sich ma kundich zu machen. Da laach in denen ihre Werbung dä Eisbär auffe Scholle, Sonnenbrille, klein Erfrischungsgetränk dabbei, und sah den Pinguinen beim Schwimmen zu. Watt ja ein Dingen der Unmööchlichkeit is. Nich die Sache mitte Sonnenbrille, sondern die mitte Ping-Pings. Die wohnen nämlich in unterschiedliche Gegenden, die Pings und die Bärs. Die einen oben, die andern unten und bestenfalls noch auf Feuerland. Habbich geschrieben anne Bombomfabrik: Bitte, macht die Kinder nich blöd! Die lachen sons datt Frollein im Biounterricht aus und verweisen dabbei auffet Fernseh. Watt übbern Bildschirm flimmert, datt halten die fürt Leben. Kurz drauf kam die Falschschreibreform und seither sach ich ja nix mehr. Watt auch?

Abber datt da, bein Endspiel datt, datt kann ich nich durchgehn lassen. Datt grenzt au an Geschichtsfälschung. Also, da gab et inne Spielpause von irgendsoein Endspiel (et gibt so viele – ich blick nich mehr durch und is au egal) sonne Persilflasche, sonne Imitation von ein Gespräch: Berti Voochts und dä Kaiser. Und da sacht Berti (als Witz gezz): „Laß uns ma

fortschrittlich sein, Emmannzepatzion, Franz, laß uns dä neue Fußballplatz nach eine Frau benennen: Beckenbauer seine Frau ihr Stadion." Und dann spieltense vonnen Band Gelächter ein. Kann ich nich drübber lachen! Weil datt nemmich ein ganzganz alten Witz is. Und zwaa UNSERN! Klassischen Ruhrspott!! Datt heißt „Ernst Kuzzorra seine Frau ihrn Stadion." Kuzzorra! Schalke! Wenn ich datt ma erinnern daaf. Da werden unsere altehrwürdigen Übberlieferungen irgendwelchen Pappnasen zugeschrieben, die damit rein gaa nix zu tun ham. „Wichtich is auffem Platz" – von wegen Sepp Herberger, datt is au nich wahr – datt hat Addi gesacht, Addi Preisler, RWO. Wenn wir denen sowatt wortlos durchgehen lass, dann is nächste Woche dä MSV schuld, wenn die Bayern verliern.
Die Weisheiten vom Kaiser sind au schnell zusammen-gefaßt:
Mein Ball is mein Händi,
wichtich is aum Konto
und datt Spiel dauert, bis die Bayern gewonnen ham:
So läufts Bissniss.

Dä Ball is rund

Nein, watt waa datt dammals köstlich. Bei diese große Fußballausstellung im Gasometer. Ich hatte gemeint, nach Christo kann nix mehr kommen, abber datt waa Klasse. Keine Kunst, abber oho! Da habbich die beste Ausstellungsführung mitgemacht, die ich je erlebt hab! Extra für Frauen. Klasse! Nich gezz, datt ich sagen könnte, et hätte mir tiefere Einblicke innen Fußball gegeben, datt nich… aber et waa ein erstklassigen Einblick in die Psyche des Mannes. Und dä Ball blieb immer schön flach. Da erfuhr man, vor welchen Pokal Männer gelegentlich in Tränen ausbrechen, da is ein Stücksken von dä legendäre abgebrochene Torpfosten (Gladbeck gegen Werda) aufgebahrt wie innen Reliquienschrein und die Jungs stehn in Andacht davor.

Da wurd weniger über die Ausstellungsstücke ansich gepreedicht, als übber datt, watt wirklich dahinter steckt, wenn 22 Mann hinter ein Ball herrennen odder ihrn Gatte beim Anblick des Weltmeisterschaftsballes von 54 datt Schluchzen anfängt. Da erfuhr man watt übber die Evolution des Mannes, die quasi beim Fußball endet oder watt speziell gezz ihrn Alten beweecht, wenner paa alte Socken von Gerd Müller zu sehen kricht.

Warum er zittert, wenner datt „Tor Tor Tor Tooorrrr!!!"-Geschrei hört und datt Männer immer heimlich sich die Tränen ausse Augenwinkel wischen, wennse Sepp Herberger sein Trikko angesichtich werden. Und man erfuhr au, watt in Männer vorgeht, wennse übber Frauen nachdenken, die Fußball spielen wollen, statt Spinat aufzutaun. Dä DFB hat, im Ernst gezz, 1974!!! (bis dahin war Fußball für Fraun quasi

20

verboten) übberleecht, ob man die Abseitsregeln für Frauen dann nich ändern muß. Weil ja die Stürmerin Pamela Anderson mit ihren Brustumfang ma eher im Abseits stünd als ich – selbs wennwer auf gleiche Höhe wärn. Wohingegen Pam, als Verteidigerin, unbestritten im Nachteil wär. Und datt Handspiel ers: Weil ja die Frau – genetisch bedingt – immer die Hand schützend zur Hilfe nimmt, wenn watt auf sie zukommt, is datt Handspiel ga kein Handspiel, sondern ein Reflex. Wie datt gezz in Regeln fassen? Beinah hätt man dä Frauenfußball nich einführn können, weil die gesamte Biologie der Frau dagegen sprach.

Wie au immer: Ich hab Tränen gelacht und hab fassungslos gestaunt, zu watt, außer Fußball, Männer noch alles fähig sind und weiß gezz, datt da Hopfen und Malz verlorn sind. Beim Manne is mehr nich drin. Die halten den Ball allein deshalb schonn schön flach, weil ihnen alles andere zu hoch is. Im Anfang war ja au gaa nich dä Ball, sondern dä feste Wille zur Prügelei. Und in seine Regulierungswut hatt dä Mann dann solange dadran rumgeregelt, bisset zur bloßen Rauferei auffen Platz nich mehr kommen konnte. Weswegen datt gezz außerhalb vom Spielfeld stattfinden muß.

Datt is datt ganze Geheimnis.

Meisterliches

Schalke is Meister!!!! Ich habbet schon immer gesacht. Schalke is Meister! Und watt hamwer wieder gekämpft! Und als dann beim 5:3 dä Schlußpfiff kam, da wußt ich: Datt waa watt ganz Großes, datt Spiel! Und Wir SIND Meister!!! Immernoch.

Die dösigen Bayern mußten datt ersma inne Verlängerung werden – wir sindet schon seit Achtenfuffzich! Kuckense ma, datt is doch egal, watt nachem Abpfiff noch passiert is. Dä Ball is rund und datt Spiel dauert 90 Minuten. So. Punkt. Und dieses Spiel: Datt hamwer gewonnen. In neunzich Minuten 5:3. Punkt.

Sehnse ma, im Leben isset doch so: Die Einen üben, um Meister zu werden – die Andern sind Meister, die üben. Zur zweiten Kattegerie gehört, wer aussen Pott is. Dä Pott gehört zu den Schwierichsten aller Meisterschulen, is quasi sowatt wie die Elite-Kaderschmiede des Lebens. Wer et hier einma gepackt hat, dä packt et immer und übberall. Von wegen Nuu Jork, Nuu Jork... ers, wer sich hier bewiesen hat, dä is reif für dä Rest dä Welt.

Wie man am Hitzfeld sieht, dä sogga erfolchsverwöhnte bajuwarische Milljönärsbengels datt Laufen beibringen kann, nachdem er hier bei uns gelernt hat, watt der Mensch zu leisten fähich is. Am Ende is alles eine Frage dä Haltung. Und die is hier im Pott aufrecht. Immer und unter alle Umständen – und nich nur für Geld. Und lassense sie sich bloß nich einreden, dä liebe Gott hätt bei Bayern gespielt. Dä liebe Gott hat dammit gaanix zu tun. Wenner übberhaupt Fußball spieln täte, dann sicher auf Schalke. Odder bei de Borussen odderm MSV – übberall, bloß nich in

Bayern. Ich denk datt Geschwätz vom Kaiser kann keiner ertragen. Au er nich. Wie au immer: Et waa ne tolle Säsong, wir ham beharrlich gekämpft bis zuletzt, ham gesiecht und nich verloorn! Und Andi Möller… watt hadder geweint vor Glück. So isser nu ma – hat nah am Wasser gebaut. Und nu isser mehr, als je ein Bayer nach Ludwich wird sein können: ein Könich dä Herzen. Einer von vielen. Ein Meister. Einer, dä übt. Hier im Könichreich dä Herzen. Hier. Im Pott.
Glück auf.

Dä tEuro

Ich kapier datt nich, ich kapier et einfach nich. Ich könnt dran verzweifeln – abber ich geb nonnich auf. Vielleicht kommt datt Verständnis noch. Datt, für dä tEuro.

Angefangen hatte datt alles dammit, datt wir widder ma kurz übber die Währungsreform geredet ham bei Bommel an Bude. Blattermann wollte nache Umstellung in DM spekkeliern. Ich will ma so sagen: Blattermann is gezz nich gerade dä Hellste watt Geldgeschäfte angeht. Sagenwer ma so: Blattermann is eine Seele von Mensch und alles Weltliche is ihm fremd.

Er lebt mit Mine, seine Gattin, in sein Omma ihr klein Häusken, baut Gemüse un Kartoffel selbs an, hat Hühner un Kannikel. Paa Maak hat Omma ihm wohl dammals au vererbt, jedenfalls gehder nich aabeiten, außer gezz im Gaaten.

Blattermanns Birnen sind bei uns im Viertel noch berühmter als die von diesen Herrn Ribbeck aussem Havelland. Allerdings, um der Waahheit die Ehre zu geben, mach datt gezz au an dä klitzekleine Umstand liegen, datt Blattermanns Birnen im Rumpott brillieren un er alte Nachbaan un nich junge Mädels einlädt.

Egal, wie au immer: Willem hat sein Lebtach mit Geld nix am Hut gehabt. Außer achzich Fennich für die Bild hadder nix gebraucht. Jedenfalls nix, watt wir wüßten. Umsomehr hat uns datt übberrascht, als ausgerechnet dä uns nu mitte DeMaak-Spekkelationen kam. Und beömmelt hamwer uns, weil dä Willem glaubte, datt, wenn dann Millionen von Maak aussen Verkehr gezogen würden, die restlichen (also seine) umso mehr im Wert steigen täten. Wegen Rarität, meinte Willem. Alte Regel sei datt.

Er hat sich datt au nich ausreden lassen, im Gegenteil – wie dä abgedackelt waa, da kamen wir doch alle int Grübeln. Watt wußten wir denn übber datt neue Geld? Außer, datt et eigentlich keiner von uns wollte? Watt, wenn dä Sammlerwert tatsächlich höher gehen tät alswie dä Nennwert heute? Watt also, wenn Willem Recht behielte? Andrerseits: Wenn wir nu alle die Maak behielten, dann wär datt ja vobbei mitte Rarität, dä Kurs würd also fallen und alles wär genau wie vorher: Die Maak tät bleiben watt se is. Sehnse – und datt is eben genau datt Paradox, an dem ich (noch) scheiter. Vielleicht lääch dadrin dä Gewinn.

Mündich

Tja, so isse, die Sache mitten mündigen Bürger: Dä Pollitiker will ihm zwaa, abber er will ihm scheins wohl nur deshalb, dadder ihm endgültich dä Garaus machen kann. Jedenfalls könnt eim die Idee kommen, wemmann sich umkuckt.

Kuckense ma, watt dürfen wir denn übberhaupts noch? Außer fungzienieren? Ma ährlich gezz? Und watt hamwer dann davon?

Trennze dä Müll, importiernse den aus Italien (datt kost), paakße vorde Haustür, brauchße ne Erlaubnis (datt kost), paakße woanders, musse bezahlen (datt kost au) und paakße gaa nich, kost datt dann richtich. Mitbestimmen bei irgendwatt? Iehwo – einma alle vier Jahre dä Blankoscheck, datt soll uns genügen. Bürgerbeteiligung? Wo nomma?

Ma als Beispiel Düsseldorf: Da hat nich ma dä „Bürger" Clement datt sagen!

Da wollten die Düsseldorfer unlängs gaa nich ma viel, nur ma mitbestimmen, wie die neue Brücke heißen soll, diese gekricht ham. Niederrheinbrücke, hamse sich gedacht, datt paßt. Und man kann sich au gleich watt bei denken. So sollte se heißen.

Ein bescheidener Wunsch – möchte man meinen. Abber da hamse die Rechnung ohne den Bundesminister ... wie heißt dä noch? ... meinzeit...? (datt is da ja ein Kommen und Gehen, ich kannet mir nich mehr merken)... irgenswatt wie Bojefisch ... odder ... Buddelwicht ... egal...: Jedenfalls hamse die Rechnung ohne ihm gemacht. Dä sitzt zwaa in Berlin – weiß abber, watt hier Not tut. Niederrheinbrücke! Ja, wo kämen wir denn da hin!

Und nu sitzt dä Börsewich immernoch in Berlin, abber hier kann sich keiner dä Name merken, den er sich ausgekaspert hat. Niederrheinbrücke is so passend, datt man alles andere einfach vergißt.

Watt also dürfenwer denn, wennwer schon bei sonne Kleinichkeiten nix zu melden ham?

Bürgerbegehrn scheitern, weil Rechtsdiseiner dammit beschäfticht werden, dä gerade erklärten Bürgerwillen „formaljuristisch" auszuhebeln, indem se feststelln, datt Omma Kiekenbusch ohne ihrn Mädchenname unterschrieben hat und die erforderlichen Stimmen dadurch nich zusammenkommen. Statt ma dä Geist dieses Willens in Buchstaben zu fassen, die et erlauben würden, die Welt besser zu gestalten. Datt nennt sich lebendige Demmekratie.

Wird abber hier immer öfter für Rewweluzion gehalten.

Dä Wettertoast

Hamse gehört, daddet gezz dä Wetterbericht aum Toastbrot gibt?

Ährlich. Vorausgesetzt natürlich, du hass ein Internetz-Toaster. Also ein Toaster, dä nich nur Toaster is, sondern quasi ein Composter.

Nich gezz für alles – in diesen Fall nur für Wetterbericht. Ersma.

Also datt is folgendermaßen: Dä Toaster liest sich die Sonne aussen Netz und kaum Sie die Scheibe reingesteckt ham, wird se draufgebrannt. Die Sonne. Ährlich gezz, nich lachen. Richtich geforscht hamse dadran, für sowatt zu schaffen! Datt Toastbrot im Informationenszeitalter is nich zum Lachen! Et is … bahnbrechend. Und innewatief. Sacht dä Forscher, Robin Southgate vonne Brunel-University. Fragense mich bitte nich wo datt liecht, abber wenn ich tippen sollte, dann kann datt nur Amerika sein. Die ham ja au ein Raumfaahtprogramm gebraucht, um die Teflonpfanne zu erfinden.

Derzeit is dä Bruttotühp von diesen Composter inne Lage, drei verschiedene Wetterkaaten auffet Brot zu brennen: dunkle Wolken, klaa, für Schlechtwetter, strahlende Sonne, au klaa, für Schönwetter. Übber datt dritte waa nix zu erfahrn, datt scheint geheim. Ich denk ma … klein Schwein für Sauwetter. Oder ein Fraagezeichen.

Gezz fraach ich Sie: Warum entwickelt ein Mensch so ein Toaster? Watt geht in somm Kopp vor? Er selbs muss sich datt auch gefraacht ham, denn er hat ne Antwort: Damit wir uns diese Informationen nich anderswo unter zusätzlichem Zeitaufwand holenmüssen!

So. Dafür also. Da staunt man. Und damit nich genuch: Wenn dä Wetterbericht stimmt, so sachter, werden die Nutzer ihren Toastern bald vertrauen. „Nach einigen Wochen", (ährlich gezz, Originaltext) „wird dieses Vertrauen so groß sein, daß man sogar Werbebanner vom lokalen Supermarkt auf das Toastbrot brennen kann. Damit kann ein Toaster effektiver sein als das Fernsehn."

Tja, da sindse platt, nä? Fraacht sich, watt uns sonn Scheibken dann demnäxt kost – Datenträger sind nich billich. Ich sehet schon kommen, wie dä erste Toast anne Börse gehandelt wird. Dä Finanzminister wird übber Lizenzen für Buttertoast nachdenken. Und Uli Wickert dann auffe erste Scheibe … dä WetterToast.

Und ausweichen is dann nich: Die Brötkes sind mittlerweile so teuer, datt ich schon widder mehr Hack als Paniermehl inne Frikkos tu.

Obbet Pay-Toaster gehm wird? Kammann eines Tachs wohl mit Knäcke telefonieren? … Fragen, die die firtuelle Welt bewegen.

Und ich? Hol mir au weiter die Informatzionen (ohne zusätzlichen Zeitaufwand) ausse Tageszeitung. Hübsch bunt und ausführlich.

Da gönnt man mir mein Frühstück.

Und stimmen … stimmen tudet viel genauer nich.

Kleines Glück

Watt waa datt schön! Ich waa aum Trödel in Weddau und hatte ma widder Sterntaler-Gefühle – und datt mitten am Tach.

Trödel, datt is für mich datt letzte große Abenteuer im Kampf ummet Überleben, wo man nich vorn vornerein weiß, datt man verlorn hat.

Man kann watt zum Essen jagen, watt zu trinken finden, man kann mit gutgelaunten Verkäufern gemütliche Schwätzkes übber gute und schlechte Umsätze führn, Tüp- un Faabberatung krisse, un manchma au ne kleine Stilkunde grattis dabbei.

Wenn man ganz großes Glück hat (datt hat man aum Trödel meistens) gibbet zu dä angekaufte Schatz au noch die dazugehörige Geschichte.

„Datt habbich vonne Tante Erna zur Hochzeit gekricht, ich konndet schon dammals nich leiden, – is abber ausse Zeit."…

Wenn Antiquitätenhändler „is ausse Zeit" sagen, falln dir kurz drauf beim Preis die Ohrn ab. Datt is aum Flohmaakt anders, da makiert datt „aus der Zeit" sein nur einen symbolischen Wert, der durch nix als Zeitablauf entstanden is. Einen Wert, den datt gute Stück für den Verkäufer nie gehabt hat und auch heute nicht hat. Wenn er sich übberhaupt dazu hinreißen lässt, datt Kulturgut zu verkaufen statt et (wo et seines Erachtens nach eigentlich au hingehört) inne Tonne zu kloppen, dann nur deshalb, weil er datt ungeliebte Teil heil durch mehrere Jaahzehnte gebracht hat. Und et deshalb nich wegschmißen kann. Nach all dä Aufwand. Et hat Geschichte – und Geschichten. Schöne Geschichten. Für ne Maak. Odder für zwei.

Manchma kauf ich Dinge wegen der Geschichten, manchma erfinde ich mir Geschichten, weil ich den Ankauf von etwas besonders Unnützen, abber sehr sehr Hübschen rechtfertigen will. Die Dachkammer is voll mit Dingen, deren Geschichten erzählt werden wolln. Und dann sind da noch all die magischen Werkzeuge: Zauberstäbe, Sternenstaub und Magische Ringe, Schwerter und Kelche. Seit Samstach auch der Schlüssel zum Glück, ein Himmelsglöckchen, ein Schatzkästlein (gold mit rotem Samt) für? Wedau war voll von magisches Zeugs – watt sollt ich tun? Liegenlassen? Außerdem hat dä „Händler" mir dä Schlüssel zum Glück und all datt geschenkt. Ach so, datt wissen Sie vielleicht ja gaa nich. Also: Wenn magische Dinge angeboten werden daaf man um deren Preis nicht handeln. Sons verliernse dä Zauber. Und Geschenke alter Meister lehnt man nich ab. Au dann nich, wenn dä Meister Tante Erna heißt. …Womit wir wieder am Anfang der Geschichte wärn. Tante Ernas Rosenkerze, also eine Kerze, wie eine Rosenblüte geformt, mit Rosenkelch-Glasständer. Davon hatte ich auf eine meiner Reisen gehört: die Kerze der Mutter von Guadeloupe. Wenn et gelingen würde, die Kerze zu finden(habbich) und ihr Licht zu entzünden(habbich), dann würden überall im Land die Rosen erblühn und et würde ein fabelhafter Sommer, voll Sonne, Blüten und Rosenduft. Die Menschen würden in diesem Sommer ein wenich glücklicher sein (gezz sind Sie dran), würden mehr lachen, mehr lieben, mehr träumen – und dann beglückt mit klarem Blick erwachen und nie wieder weniger wollen für sich als die Wärme, den Duft der Rosen und der Liebe, die überall in der Luft lag. Glück… für Einsfuffzich ausse Wedau.

GEHT AABEITEN!

Ers die Faulenzer-Frechheit, dann die Unverschämt-heit, Essensmaaken anne Abbeitslosenhilfeempfänger verteilen zu wolln, – da kann datt ja nich lang dauern, bis dä Erste sich erdreistet, die Einführung von Abbeitslager zu fordern.

Man machet kaum glauben: Gezz, wo offenkundich wird, datt KEINER von denen, die für datt Wohl des Volkes (nich der Aktionäre) zuständich sind, eine Lösung weiß, und wo wir au begreiffen müssen, datt sich keiner übberhaupt ernsthaft dadran machen will, die, die datt ganze aus Gewinngier täächlich neu verursachen, zu bremsen, gezz, wower sehn, datt nix als heiße Luft inne Schreibtische waa, statt große Pläne und neue Ideen – da werden die beschimpft und gedemüticht, die unter all die Umstände Tach für Tach leiden müssen.

SO geht datt nich. Wenn die Antwort unserer Unverantwortlichen auf all unsere Probleme die „Go for work-Paatie" vom Abbeitsamt is, wo auf ein fraach-würdigen „Event" ausgerechnet „Meister" Guildo Horn und ein Depp aussen Container mehr oder weniger verzweifelte Jugendliche zu Bullriding mit anschließendem Bewerbungsfotto animiern wolln, odder die „Job-Parade", bei der man sich mit infer-nalischem Lärm deraartich betäubt, datt man datt alltächliche Elend dadrübber vergisst – also wenn datt die Antwort is:

Dann nenn ICH datt NICH „Abbeitsmaaktpolletik".

Watt die zahllosen Interessenten für die „Job"suche inne Disco angeht, die dä Verkehr zeitweilich am Erliegen brachten:

Nich datt einer denkt, die waren wegen diese moti-
wierende Fete und Guildo seine Nußecken da: Unter
Androhung von Streichung sämtlicher Leistungen
MUSSTEN sie auf eine Mischung aus Kinderge-
burtstach und Rodeo gehn, au dann, wennse sich
vielleicht lieber auf sinnvollere Weise auf Abbeitssuche
begeben hätten.

Au ohne Statistik weiß im Pott jeder, datt die
Faulenzerquote in Berlin höher is als bei uns.

Und datt da Qualliffizierungsmaßnahmen angebracht
wärn is unübersehbar.

Stattdessen feiert man dort die After-Work-Paatie –
ohne watt getan zu ham.

Da gibbet nur eins: GO FOR WORK. Sons muß man
ma übber Leistungskürzungen nachdenken.

WEIERHEIDE

Ich stell mir datt so grad vor, wie datt is…

Du kommß nach Hause und dich fängt kurz vor der Haustür sonn Trupp Finstermänner ab. Und dann gehdet richtich rund. Da wirße gefilzt, Deine Personalien wollnse feststellen, und Du hoffs, datt doch noch irgenswo die versteckte Kamera läuft.

Und am Ende erfährße dann, datt datt ein „Sicherheitsdienst" is, den dein eigener Vermieter – selbsverständlich zu dein Schutz – engagiert hat.

Odder ich komm und mein Vorgaaten is weg und meine Wäschewiese au.

Also watt man so ausse Weierheide, einer alte Abbeitersiedlung, die unter de Spekkulanten gefallen is, hört, datt mach man gaa nich glauben.

Sowatt kennt man sons nur aussen Tatort, sonne Methoden.

Und die Polletik is natürlich ma widder machtlos. Manchma fraach ich mich, wofür wir die eigentlich brauchen – et gibt sobbiso nix, wo die nich machtlos sind.

Machtlos. Klaa, nachdem man selbs dä Ausverkauf betrieben hat und die Menschen, die dort leben zum Spielball von Grundstücksspekkelanten hat werden lassen.

Ob die Gärten inne Abbeitersiedlung aussehen wie die Gruga oder eher wie bei Hempels unterm Bett: datt könnwer völlich dahingestellt sein lassen, da is übberhauptsnich drübber zu reden. Darum gehdet hier nich.

Tatsache is, datt da Menschen leben, zusammenleben, und datt deren intaktes Siedlungsleben ein Ende finden soll, weil andere sich goldene Nasen verdienen wollen.

Und datt die, die für unser Wohl verantwortlich sein sollen, datt zu verantworten ham. Datt die Spekkelanten dieser Welt so handeln, wissenwer seit Jaahzenten. Datt die vonne Sozialverpflichtung des Eigentums noch nix gehört ham, datt wissenwer au.

Aber wer braucht Feinde, wenner Freunde hat?

Et sind unsere eigenen Interessenvertreter, die den Ausverkauf betrieben ham, ihn weiterbetreiben und gezz, gelegentlich, ma widder ihr Bedauern äußern.

Datt geht uns alle an – denn vielleicht is Ihre Siedlung schon die Näxte, und dann gehdet alles noch viel flotter, vielleicht, weil ihr Gaaten schon so wunderschön is – dä muß nich ers verkaufsfähich gemacht werden.

Aber vielleicht faßt sich ja einer von denen, die so machtlos sind, ein Herz und bemüht sich ma ernsthaft, den Menschen zu helfen.

Glück auf.

BRAUSE

„Samma, Mimi, weiß Du eigentlich watt ein Brause is?" fraacht mich dä Bommel, dä ja als Inhaber vonne Seltersbude strengenommen Expärte sein müßte.

Abber ich denk, sach ma nix, er wird schon Gründe ham, wenner fraacht.

Ich also die ganze Palette vor ihm ausgebreitet: „Gibbet in Himbeer odder Waldmeister, Bommel, am Besten is die Gute Alte von Horli – wennse nich gestorm is." „Nä", sacht dä Bommel, und waa kurz davor zu explodiern, „datt weiß ich au, nich DIE Brause. Ich mein watt anderes, irgentwatt am Kompjuter. Dä Mann vonnet Rote Tellefon wollt wissen, watt ich für Brause hab."

Wie sich rausstellte, waa Bommel der Glückliche gewesen, der datt Billichangebot eines nationalen Discounters ergattern hatte können (ob durch Beziehungen odder mehrtägige Übernachtung vor der Filiale, wollnwer ma dahingestellt lassen): ein persönlichen Kompjuter. Damit fing Bommels Elend an.

Pollen-Kuat hatte ihm datt Dingen noch angeschlossen, bevorer auffe Endivien geflogen is. Soweit so gut.

Nu wollte Bommel also, genau wie Bobbo, ma rein. In datt Netz. Watt ihm abber nich gelang. Und da hadder die Sörwissnummer angerufen, die, wo Kuat gesacht hat, datt dä Bommel da geholfen wird.

Aber der is, wie gesacht, schon anne erste Frage gescheitert: „Watt hamse für ein Brause?" Bommel wußte nix, datt Gespräch waa beendet und er waa kurz davor, aus Wut zu platzen.

Nu bin ich ja nich gerade ein Anhänger vonne firtuelle Welt, abber datt Problem kannt ich. Welch eine

Sternstunde für Dilettanten, wennse au ma watt wissen!
„Also", sach ich, „Brause gibbet zwei, Bommel: entweder du hass die Netzkappe odder abber dä Internetz-Explodierer…" „Und wo sind die? Watt muß ich dammit machen?" Bommel witterte Morgenluft. Zu früh, viel zu früh…
Die Sache is die, datt ich zwaa ahne, watt datt is – abber nich erklärn kann. Weil datt am Ende au völlich egal is. Alles watt ich weiß, datt is datt die Kompjuterfräggels datt immer wissen wolln. Datt is sowatt wie ne grundsätzliche Glaubensfrage, sowatt wie … evangelisch odder katholisch sein. Und watt, womittse datt Niwwo feststelln, auf datte dich beweechs.
Dä ganz normale Mensch, dä noch innne reale Welt zu Hause is und mit Mühen gelernt hat, dä Geldautomat und die Obstwaage zu bedienen, hat für gewöhnlich dä Internetz-Explodierer.
Die, die so tun, als hättense Ahnung und eim dammit zum Weißgluten bringen – die ham die Netzkappe. Sie und ich und Bommel können also immer getrost „Explodierer" sagen und brauchen au mehr gaa nich zu wissen.
Wie man sich datt merken kann, wollt Bommel noch wissen. Kleine Eselsbrücke …
Ganz einfach: Sitzte ersma davor – explodierße au schon. Und die Expärten sind immer unsichtbaa.

O mio bello Napoliiiiiii

Also, ährlichgesacht: datt is für mich immernoch unfaßbar. Nicht nur, datte datt ers ausse Zeitung erfährß – nä: übberhaupt schonn. Einhunderttausend Tonnen Müll aus Süditalien kommen gezz innen Pott zur Müllverbrennung! Na bravo! Datt nenn ich Tourismusförderung!

Von Pollezeischutz begleitete Mülltransporte is die Rede, vonne Müllmafia, der man datt Geschäft versaut, vom Müllnotstand in Neapel, von wegen Seuchengefahr geschlossenen Schulen.

Ich faß datt nich. Ich trenn hier Müll um Müll, Eierschalen mit grüne Punkte in gelbe Säcke, Laubsäcke, Zeitungscontainer, Biotonnen, Flaschencontainer, Wertstoffsammlung und Schadstoffmobil, ich schlepp mir mehrweechmäßich die Haken ab, trenn mich dumm und dusselich: Und gezz krich ich dä Dreck vonne europäische Nachbaarn zu schlucken, die nich willens odder fähich sind, ihrn Dreck zu reduziern und für die die Hemdchenplastiktüte nationales Kulturgut is, datt man zu bewahren gedenkt. Datt stell man sich ma vor! Ich find datt unverschämt, datt will ich abber ma sagen! Datt erklär mir ma einer! Da wird dä stinkende Hausmüll pestillenzverbreitend durch Europa kutschtiert, um hier!!! verbrannt zu werden, wo wir seit Jahr und Tach alles dafür tun, datt zu vermeiden. Datt is ein Schlach innet Gesicht, ein Angriff auf meine Gesundheit, punktum: eine unglaubliche Frechheit! Mir is datt völlich egal, wer hier welche Wirtschaftsinteressen hat: Et sind nich meine Interessen. Neapel? Sehn und nich mehr sterben. Am Dreck ersticken gezz die andern.

Neapel sehn und sterben

Meinzeit, da häddich ihr doch fast Unrecht getan!
Frau Höhn mein ich gezz, unsre Landesumwelt-
ministerin. Sie wissen schon, die wo dem Clement
immer die Haare strubbelich macht und sich mitte
Kollegin aus Berlin zankt.
Ich hab ja gedacht, dattse da watt für kann, für dä
Mülltourismus aus Italien. Abber nix, Frau Höhn is
ja ohnmächtich dagegen. Also nich gezz Frau Höhn
alleine, nä, datt ganze Umweltministerium is
ohnmächtich! Muß zukucken. Kann nix machen.
Kannze ma widder sehn: sonn Minister kann nix. Muß
hinnehmen, wenn auf Ortsebene dä Müll aus Neapel
hier angekarrt wird für zündenden Umsatz zu machen.
Und dä am Ort, dä zuständige Umwelt und Bürger-
Dezernent, dä, dä eigentlich watt können können
sollte – dä kann au nich. Weil dä – quasi nebenberuflich
– au noch Geschäftsführer vonne Müllverbrennungs-
anlage is.
Da kann man schomma ohnmächtich werden.
Als Bürger sobbiso – wenn schon gestandene
Ministerinnen umkippen…
Abber dafür wissen wir et abber nu ganz genau, die
allwissende Mutter aller Müllhalden haddet uns
erklärt: solange die Anlagen hier nich ausgelastet sind –
solange müssen wir dä Dreck vonne anderen
schlucken. EU-Verordnung. Tja, kannze nix machen.
Zuviele Anlagen gebaut, zuviel Müll sortiert – abber
die Kamine müssen rauchen! Sehnse, und datt habbich
gezz ma zu Ende gedacht, eine Fähichkeit, die inne
pollitische Welt umsomehr abhanden kommt, je höher
datt Pöstken is.

Wenn datt so is – tja, dann gibbet doch nur eins:
Schluß mitte Trennerei!

Besser is doch, wir machen unsern Dreck widder selbs.
Denn datt kommt gezz au noch auf uns zu: die
Ministerin, zur Ohnmacht verurteilt, wollte abber nich
ganz tatenlos zukucken und läßt deshalb dä Italo-Müll
prüfen, obber denn gedreckt is vonne europäische
Abfallverordnung.

Nich datt da am End noch ein Fässken Seveso dabbei
is odder watt sons so alles anfallen kann, wemmannet
mitte Umwelt nich so genau nimmt. Watt meinense,
watt datt widder kosten wird! Uns natürlich.

Wahrscheinlich wird dä Restmüll widder teurer.
Sehnse, und wenn datt doch so is, datt, ganz egal
wieviel wir gezz trennen und vermeiden, wir den
Dreck vonne andern schlucken müssen – dann laßt
uns ma widder selbs alles inne Tonne kloppen... da
weiß man, watt man hat.

SCHWEIZER LUFTKURORTE

Sehnse, so kannet gehen. Eben wolltesse noch beim Blick aussen Fenster ne lustige Kolumne übber Gaatenzwerge schreiben, die im Regen stehn, da kuckße leichtfertich inne Zeitung und schwupps: hasse nix mehr zu lachen.

Nachen italienischen Müll kriegenwer also au noch Tiermehl hier verbrannt. Und werr hatts gebracht? Hm? Die Schweizerr hams gebracht.

Und wir? Sind die Müllschlucker. Weil wir, die Doofen aussem Pott, nemmich besonders schön schlucken. Als datt geheißen hatt, dä Pott wird Tourismusmetropole, da habbich mir datt so eigentlich nich vorgestellt.

Ersma gezz nur 6.000 Tonnen, abber, Frohe Botschaft: et kann noch mehr kommen. Ja, da jubeln wir doch alle, her damit, denn wir ham, watt die Andern nich ham: Müll reduziert. Wie die Doofen. Und deshalb is hier Platz für dreckige Geschäfte. Watt meinen Sie, watt die ers blühen, diese Geschäfte, wenn die Müllverbrennungsanlagen ersma gänzlich priwattesiert sind!

Gezz machen unsere Unverantwortlichen datt ja im Prinzipp noch selber.

Ich willet ma so sagen: datt is alles nich nur bitter, datt raubt eim dä Atem, mit welch eine Selbsverständlichkeit eim sonne Nachrichten nu auffen Tisch flattern. Ers Italien, gezz die Schweiz. (Also au schon Nicht-Eu-Mitglieder. Von welche Verordnung isset denn diesma nomma gedeckt, Frau verHöhn?) Datt is vermuttlich längs Entwicklungshilfe, watt wir da leisten, und dann is auf einma datt Auswärtige Amt zuständich. Und Fischer joggt nich anne Emscher, da könnwer lange warten, bis watt passiert. Abber wennse dann nur noch rauchen, unsere Schlote im Müllpott, dann bleibt uns nix als dä Jahresurlaub inne Luftkurorte von Italien und vonne Schweiz. Die wissen watt datt is: Tourismusförderung. Abberwitzich. Wenn datt Deppen-System statt dual – gezz global werden soll, da wirdet dann als näxtes au ne „Trienale" geben: Bauschutt aus Tschernobüll zur Verfüllung der Deponien. Da isset besser, ich klopp datt alles ma schön widder selbs inne Tonne. Der Preis steigt so oder so. Zu Ende gedacht.

GLAUBENSSACHE

„Nä", sacht Ethelbert, dä Osterhase, „ich will nich mehr…

Kommt nich in Frage. Soll doch dä Kanzler kucken, wie er die Eier unter datt Volk kricht. Regiern macht Spaß, klaa, abber ich hab gezz genuch von seine Späße."

Wie Sie richtich ahnen, waarn wir ma widder inne alljährliche Diskession ummet Osterfest. Seit drei Jaahrn will Ethelbert, dä Osterhase, Ostern gänzlich abschaffen. Denn darauf, sacht er, läuftet ja am Ende hinaus: auf zweima Weihnachten.

Watt soll man sich denn au unnötich mitten Tod befassen? Wo man doch einkaufen kann? Jedenfalls is fürn Osterhasen die Welt alles andere als in Ordnung. Moralisch un au sons.

Verpackungsverordnung, Knöllekes für die Eierkarre, Aushilfsbesteuerung vonne Legehennen, Grüner Punkt auf gelbe Schale, die Konkerrenz vonne Stanniolpapier- und Plastikhasen – all datt macht ihm schon seit Jaahrn zu schaffen. „Und keiner glaubt mehr an mich", so sachter.

„Doch", sach ich, „datt tunse wohl, natürlich glauben die Kinder, daddet dich gibt! Und ich au." Und dann habbich ihm von dä Zeitungsartikel berichtet, in dem ein Großvater erzählt hat, watt seine Enkelkinder denken, wo dä Osterhase die Eier her hat.

„Siehße!" sach ich, „denk domma logisch! Wenn die Kinder Übberlegungen anstellen, wo DU die Eier herkriss, dann glaubense doch au an dich."

„Ja?" frachter mich da hoffnungsvoll, „erzähl ma weiter. Watt glaubense denn, wo ich die her hab?"

Ich sach ma so: Dümmer häddet nich kommen können. Hätt ich bloß nich davon angefangen! Datt waa nemmich gezz ein Punkt, auf den ich übberhaupt nich näher hab eingehn wollen. Datt Beispiel fing an, nach hinten los zu gehen.

Ich so rumgedruckst, akute Sehschwäche gehabt, Kaffeefleck übbern Text gewesen, Erinnerungslücken… Jedenfalls will dä Osterhase sich datt nomma überlegen. Wollnwer hoffen, datt er dä Artikel nich irgenswie donnoch inne Pfoten kricht. Sons könnenwer uns Ostern bestimmt vonne Backe putzen…

Die Kinder glaubten nemmich, er stürmt schwerbewaffnet inne Legebatterie und brüllt mit vorgehaltene Pampganns „Flügel hoch und Eier raus".

WEHWEHWEH! WERWEISSWOHIN?

Wuwuwu-wußten Sie wohin? Am Sonntach, mein ich? Dä Schorsch hatte sich ja mit mir verabredet für datt große Gespräch übber Kunst und Kultur. Frau Löffel waa da und diesen zukünftigen Trienale-Scheff und noch mehr von denen, die inne einschlägige Kultur-magazine anne Cocktälgläskes nippen. Schorsch is ein sehr sehr netter Mensch, au odder obwohl er ein Magister Arte is, watt soviel heißt, wie … dadder eine latente Neigung nache Höchstkultur hat. Schorsch is bis heute nich muutich genuch zuzugeben, datt ihm datt, watt heut Kunst genannt wird, zu beschränkt is. Watt immer widder zu sonne Verabredungen führt. Abber ich versuch immer ihm zu verstehn und nomma von vorne zu erklärn, au wennet manchma anstren-gend is. „Kuck ma", habbich fürn Magister Schorsch gesacht, „wie willze datt gezz nem Hüttenmeister erklärn? Datter, wenner gezz die Bramme nich inne Halle hin und herfahrn tät (eine Halle, in der et so heiß is, datt keiner dä Arbeiter noch Haare anne Aarme hat, weil die Hitze die Häärkes einfach wechschreut), also, datter, wenn er die gleiche Bramme nur senkrecht auffe Knappenhalde gestellt hätt, dadder dann mehrfachen Milljenär wär, statt dä Rest seines Lebens waagerecht mitte Bramme für Stundenlohn durche Halle zu faahrn. „Datt machße hier keinem mehr klaa", sach ich fürn Schorsch, „datt je abgedrehter datt is und je weniger datt mit dein Leben watt zu tun hat, datt datt dann umso wertvoller sein soll. Kunst", sach ich fürn Schorsch, „Kunst, datt is abber viel viel mehr als datt. Und datt mehr", sach ich, „datt Kraft- und Seelenvolle, datt Heilende, dä Impuls, den die Welt gezz braucht,

48

datt", sach ich, „datt findet innen Kunstbetrieb heut nich statt. Datt is mir alles zu beschränkt." Wie au immer: Ich hatte plötzlich keine Lust Sonntachnammitach im Museum zu sitzen und und mich in dä selbe Kreis zu drehn, wie dä Schorsch. Ich hab mein Kunstbegriff schon vor Jaahrn erweitert. Als ich datt sonntäächliche Frühstück im Bett hinter mir hatte, da fiel mir ein, daddet auffe Mühlenweide Trödelmärkte und im Meidericher Volkspaak Happenings geben würde. „Vergiß Frau Löffel und dä Schorsch", dacht ich, „du denkß sobbiso mit dem Knie", und dann habbich mich für eine kleine Live-Performance entschieden: „I love Duisburg und Duisburg loves me."
Und watt soll ich sagen: Et waa ein gelungener Tach. Schoorsch rief mich später vom Sonnenwall aum Händi (dä moderne Hirtenstab) an, als ich die gelungenen Installationen in Ruhrort (die schon für kleines Geld zu haben waarn) hinter mir gelassen hatte und im Volkspaak Meiderich eingetroffen waa. Schorsch hatte sich inne Pause bei Frau Löffel heimlich verdrückt und wollte nu doch lieber annet Happening teilnehmen. „Ich versteh gezz, Mimi, watte meinß, wenne sachß, ers 'hinter den Knochen wird gezählt'." Wadder meint verstanden zu ham, datt wollnwer dann nache näxte Podiumsdiskession besprechen, die, wo uns unsere Provinzkulturellen erklärn, warumse uns anne kulturelle Grundversorgung gehn. Datt!!! muß ich erleben. Sonntach jedenfalls hat unsern Magister Arte dann donnoch dä Zauber-Künstler in Meiderich erlebt. Datt noch zu schaffen waa auch schon Kunst. Fluxus, Schorsch, verstehße?

Prost!

Et waa ein Maa ein Städtken, da hatten die Spezial-demmekraten, wie fast übberall im Pott, bei de letzte Kommenalwahl tüchtig verlorn. Un deswegen hattense paa Sessel im Stattrat freizumachen.

Nu is datt abber so, datt Paateien Fraktionsgelder kriegen. Pro Sessel.

Datt is sonne Aat Poppoprämie: Soundsoviel Sitze mal soundsoviel Maak: Bingo! scheppert datt dann inne Paateikasse. Wenne gezz weniger Sitze hass, nache Wahl, dann hasse also – logisch – weniger Geld. Datt is eine Folge davon, wenne den Wähler mit deine Abbeit enttäuscht, ja vielleicht sogga belogn hass und er dich nu dafür bestraft, indemer dich nich widderwählt.

So waa datt au in unser Städtken. Die Spezial-demmekraten hatten also weniger inne Kasse. Odder sagenwer besser: hätten weniger gehabt. Datt abber konnte nich – datt durfte nich! Also hat man, so zimmlich als erste Tat, ma alle zusammengetrommelt (au die „Andern") und sich die Welt (und vor allem die Kasse) widder in Ordnung gebracht. Man genehmichte sich nen kräftigen Schluck ausse Pulle: dä Preis pro Poppo wurde angehoben – so datt die Verluste ersma widder ausgeglichen waarn. Und damit sowatt nich widder vorkommt, Pollitiker sind durchaus lernfähich, wennet in ihrm Intresse is: klein Pölsterken dabbei und ein Sockenbetrach garantiert – zack – waa man sogga auffe Gewinnerseite.

Inne Ausschüsse hat man die Zahl der Mitglieder poppo-zienal angehoben, so datt au da keiner gehen mußte. Und au die Oppesizion war einverstanden: warum au nich? Verdient ham ja alle. Kosten für die

50

51

Bürger: umme Viertelmillion. Wie gesacht, nich lang her, und au dammals schonn waa man übberschuldet. Gezz hat die gleiche Stadt radikale Sparpläne vorgeleecht, kleine Kostprobe: 6 von 13 Büchereien sollten geschlossen werden, die Volkshochschulgebührn und Theaterpreise sollten erhöht, Schwimmbäder geschlossen werden. Und natürlich: verschärfte Einnahmeerzielung! Die „Paakraumbewirtschaftung" soll DRASTISCH erhöht werden (is datt möchlich?) und (vermutlich wegen Standortvorteil) geht die Gewerbesteuer rauf, weil, au dä Mittelstand muß beitragen, für „Spaarn".

Nur Kostproben, wie gesacht, datt gesamte Menü verdirbt uns bestimmt dä Magen. Welche Stadt datt waa, wollnse gezz wissen? Duisburg. Abber datt tut am Ende nix zur Sache. Duisburg is übberall.

FAK

Mich fragen immer alle, wo ich mein Humor hernimm.

„Friekwentli-Ascht-Kwestschönn", kurz Fak, nennen datt die, die mit Sturmschnitt inne Buxe, Freisprechanlage im Ohr und Laptopp unterm Arm sich nich im geringsten schämen, mitten Tretroller durche Innenstadt zu fahrn.

Im Konfirmationsanzuch. Also: moderne Menschen.

Im Pott, also unter uns, nennt man datt „allgemeine Neugier".

An Tage wie heute fraach ich mich datt allerdings au. Weil: Et gibt nix zu lachen. Weil: Ich versteh die Witze alle gaa nich.

Zum Beispiel, datt bei diese Maul- und Klauenseuche nich geimpft werden daaf. Wegen Weltmarkt. Versteh ich nich. Da werden gesunde Tiere geschlachtet und -verbrannt, wegen Preisverfall und BSE und auffe andere Seite wird Fleisch knapp und die Preise hoch, wegen Tötung vonne verseuchten Herden und MKS. Komm ich nich mit. Is ein Witz – kann ich abber nich drübber lachen.

Dann is da noch dä tEuro, dä immer näherrückt und wo ich höchens dadrübber lachen kann, dattse sich gezz schon alle kloppen, für dä größte Reibach zu machen. Für mich heißt datt bis an mein Lebensende Währungsrechnen, damit die Umrechnerei inne drei Wochen Urlaub aufhört. Lächerlich. Tzz.

Dann datt mitte Klone und Gene…

Die Rechten maschiern ordnungsgemäß angemeldet durche Straßen, SS-Siggi zahlt ma eben 1.200 Maak Bußgeld ausse Portokasse für Aufforderung zur

Gewalt... datt waret dann au schon oder die Wirtschaft: Daaf ihre „Zuwendung" anne Zwangsarbeiter schomma vonne Steuer absetzen – au wennse nix auszahlen. Und Karfreitach is dä Dreizehnte! ...

Ich denk ma, als Pollitiker, jaaaa, da hasse immer watt zu lachen.

Da denkße ja ganz anders, als Pollitiker denkße...:
„Die Rindfleischpreise sind wegen BSE gesunken, gehen abber wegen MKS widder rauf. Wirtschaftlich gesehn neutralisiert sich datt. Vorausgesetzt, et wird nich geimpft."

Odder sonne Kuh, au die denkt anders, die denkt vermuttlich:
„Watt bin ich doch für eine glückliche Kuh, die schlachten mich gleich hier aum Hof, da spar ich mir doch die Torr-Tour durch Europa."

Dä moderne Pollitiker und datt moderne Rindviech haben also eines gemeinsam: datt „positiv sinking".

Für den normalen Menschen, also Sie und mich ... für uns bleibt nur eines: Augen zu und durch. Datt hält einen ja nich davon ab, au noch zu tun, watt dä Kölner sacht: „Aasch huuh un Zäng ussenanner".

Humor jedenfalls is, wemman trotzdem lacht.

Concordia-Kreisel

Wie iset bei Ihnen? Ham Sie au schon Kreisverkehr? Angefangen hatte datt bei uns dammals, als inne ADAC-Zeitschrift dä große Bericht übber Vorzuch und Nutzen von diese Kreisel stand.

Und irgenseiner bei uns im Stattplanungsamt muß datt Heftken au inne Finger gekricht und sich gesacht ham: „Ach, machße heute ma watt Sinnvolles: machße ma Kreisverkehr." Keine drei Monate später hattenwer den Ersten.

Dä waa ersma eher ländlich, mehr so … sagenwer ma: für zum Üben. Da oben wohnt sobbiso mehr die Hott-Follä. Und die fahrn ja nur Äutokes, die immer Vorfahrt ham, serienmäßich, egal gezz ob gradeaus oder rechts und links. Abber, ich will ma so sagen: Ne Lackierung in british-racing-green is au nich gerade billich und Geiz in sonne Kreise weit verbreitet… Et gab also gute Gründe, sich vorsichtich an datt Rondell ranzupirschen. Deswegen kam datt dann au genau wie datt im Heftken gestanden hatte: fließenden Verkehr, weniger Sprit, keine Unfälle. Abber, unter uns: Die Teststrecke wa eben nich grade repräsentatief. Am zweiten Kreisel, mutich gezz schon fast inne Innenstadt gemacht, kam, watt kommen mußte. Ich will ma so sagen: Dä Deutsche an sich is nich gemacht für Kreisverkehr. Gennetisch gezz nich. Kanner nich. Is ihm nich gegeben, au „langsam" nich, weil, „langsam", datt geht gennetisch schonn gaa nich. Wir sind ja nich umsons übberproppezienal inne Formel 1 vertreten. Datt is kein Zufall!

Apoppo: Anne Tage nache Weltmeisterschaftsläufe iset am Kreisel ja immer besonders schön zu kucken. Ich faah ja immer hin und setz mich mit mein Cämpingstuhl anne Rennstrecke. 100 Meter vorn Kreis gibt selbs Kuat Schabrowski mit seine alte Isetta nomma richtich Gas.

Manche sind sowatt von selbsvergessen, datt se drei Runden extra drehn – für Häkkinnen zu übberrunden. Tja – und dann, wennet ihnen schwindelich wird und se erwachen, aus ihrn Traum: Schepperschepper. Rumsbums.

Ich übberleech ja gezz, ob ich mich nich mit Clement sein Staat-up-Programm selbständich mach und mittendrauf auf dä Kreisel, da wo gezz noch dä Rasen mitte Blumenrabatte is, also obbich da nich nen Laden aufmach.

„Kleines Etapplissemang? Für Boxenluder?“ fraacht Bommel und kricht widder dä ferrarirote Kopp. Nä, Bommel, kleine Schnellwerkstatt. Boxenstop, weiße?

Für Hans-Dieter Münch:

Sauna

Letzhin waa bei Bommel anne Bude ma widder Gesundheitstach. Und ruck-zuck warenwer irgenswie auf Grippe gekommen. Und datt Sauna gut is dagegen. Ja un dann kam au gleich dä Vorschlach von Bommel, ich müßt ma mit inne Sauna kommen, Donnerstach, gemischt.

Und wenn datt Thema gemischte Sauna aum Tisch kommt, dann is datt ja immer gleich. Müssense ma ausprobieren, als Frau gezz, mein ich, fangense ma mit dem Halbsatz an: „Ach, … gemischte Sauna …", und dann brechense ab und hüllen sich in Schweigen. Sie werden sich wundern.

Dä Männerchor singt einstimmich und wie ausse Pistole geschossen, dattselbe Lied . Mann intoniert datt Schamsong: „Aber wir kucken nich hin!!" Wir kucken nicht hin! Todernst! Müssense ma ausprobieren.

Da zeicht sich dä gehemmte Mann. Kuckense ma, datt is doch kein normales Verhalten! Immer und überall kucken die hin – abber nich inne Sauna.

Da spricht doch alles dafür, dattse irgenswie doch noch sowatt wie Hemmungen haben. Große Augen – nix dahinter. Und die kucken au wirklich nich hin. Ich weiß datt: ich laß die keinen Moment ausse Augen. Ich kuck nemmich au nich hin.

Überhaupt: Keiner kuckt irgenswo anners hin, als unter de Decke oder anne Wand. Sie glauben nich, wie interessiert ein Rudel Menschen auf kleinstem Raum alle die gleiche Decke mit eine Intensität anstarren können, als gäbet irgenswo prähistorische

Höhlenmalereien zu entdecken. Andere widderum zählen die Sandkörnkes inne Uhr. Datt sind alles so Sachen, die beschäftigen mich. Ganz allgemein und weil man da ja watt draus lernen könnte, ausse Verhaltensforschung. Vielleicht klappt datt nich nur mitte Gänse, sondern au mitten Nachbaarn …

Und wann trifffße ma so viele höfliche Menschen wie inne Sauna? Man könnt meinen, datt mit jede gefallene Hülle die Anzahl der Tugenden steicht.

Is die Buxe ersma runter und kammann nichmehr mitten Brimborimantel, en Schamanianzuch oddern Goldkettchen klar machen, datt man watt ganz besonderes is, da zeicht man sein erlesenen Geschmack daddurch, datt man zu erkennen gibt, datt man dä Knigge gelesen hat: „Guten Tag … Danke … Bitte … nach Ihnen, wir kucken nich hin" – et is auffällig. Sehnse und datt lässt mich ja nich los, sonn Gedanke: Wenn die Menschen höflicher, freundlicher, einsichtiger und bescheidener werden, je weniger se anhaben… ich mein, vielleicht sollte man dann in Erwägung ziehn, die Bundestachsdebatten nur noch in Unnerbuxen abzuhalten.

BLÖD-CARD

Sonntach bein Bommel anne Bude: Gemeinsames Studium der Sonntachszeitungen mit anschließenden Pressegespräch. Dä internationale Frühschoppen. Anwesend waarn Pollen-Kuat, alten Spezialdemmekrat, Hotte Cielinski, Freien Dekadenten, Bommel, Kleinstunternehmer und vor 30 Jahrn inne Fürstliche Union eingetreten. Und ich natürlich, quasi als außerpallamentarische Oppesizzion. Pollmanns Hannes, unsern Vertreter vonne Blindgrünen, hatte sich noch nich auße Kissen geschält – dä hatt aum Paateitach gegen sich selbs sein müssen. Datt Schlaucht.

Wie au immer, wir hatten dä Aatikel übber die Paateien-Rabatt-Kaaten gelesen.

Also, datt einige Paateien gezz quasi Rabattkaaten statt Beitrachsmärskses eingeführt ham. Ersma is dabbei rausgekommen, datt Pollen-Kuat schonn seit letzten Oktober sonne rote Kaate von seine Genossen hat und verbillicht sich versichern konnte un einkaufen und all sowatt. Da hatte der nemmich nix von erzählt, von sein Spezialdemmekratenbonnuss, hadder schön für sich behalten, dä Schrappsack. Hotte Cielinski waa einigermaßen zufrieden, weil die Möllemänner ihm in ähnlichen Genuß bringen wollen, wenn au ers demnäxt.

Bommel hingegen waa stinksauer. Die Fürstliche Union sei kein Gemischtwarenladen, hatte denen ihrn Generalsekrätär gesacht, und damit zum allerersten Ma watt Gescheites, wie ich fand, abber Bommel blieb stinksauer. Seine Paatei tät nix für ihm, meint er.

Dann fing dä große Leistungsvergleich an – bei de Freien Dekadenten kommße mitte Blaukart preiswert im Hotel, in Bayern kannze abber mitte Schwaazkaat billich tellefonieren. Wo gezz also reintreten? Wer braucht watt, wie oft und wann? Und watt bringdet unterm Strich? Mehrfachmitgliedschaften wurden bereits in Betracht gezogen. Bommel rief an Ort und Stelle, noch ausse Bude, bei de Spezialdemmekraten an fürn Aufnahmeantrach und faxte seine Kündigung anne Fürstlichen.

Datt krichte eine Eigendünnammik – da machen Sie sich kein Bild von.

Obbet au Bonüsse für Mitgliederwerbung gäb (eine Getreidemühle für 3 neue Grüne, ein Fallschirmspung für 2 neue Möllemänner odder sowatt), wie wohl die Kündigungsfristen seien und wie schnell dä Wechsel wohl möchlich sei, obbet sonne Aat „Paateienhopping" gibt – Fragen über Fragen.

„Watt gibbet denn eigentlich bei de Blindgrünen", sach ich fürt Pollmänneken, dä grade angeschlappt kam.

„Weiß nich", sachter. „Ma so, ma so. Dies und das. Je nachdem." Mehr waa aus ihm nonnich rauszukriegen. Sonn grünen Paateitach dä zeichnet doch mehr als man meint.

Ich denk ma, die ham irgenswatt mit Kaffee: Milde Haamonie.

Ganz billich.

DIE AKTUELLE SCHAUBUDE

Gestern waa widder Börse bei Bommel anne Bude.
Börse, datt is wenn wir datt spekkeliern anfangen.
Waahscheinlichkeitsrechnungen inne Nachbaaschaft.
„Watt meinze wie lange dä Hotte datt mit seine Neue
noch aushält?" Odder: „Meinze die olle Schabrowski
lernt datt Einpaaken noch?"
Sowatt ehm. Diesma wurd spekkeliert, ob gezz zum
Beispiel sonn Ministerpressedent, ob dä wohl au meine
Kolumne inne Zeitung liest? Ich denk: ja, Pollen-Kurt
denkt: nich. Also nich gezz, dadder nich denkt, abber
er denkt: nich, datt dä Clement die Bild odder dä
Wochenanzeiger liest.
Kurt meint immernoch Pollitiker hätten watt anderes
zu tun, als Zeitung zu lesen. Im Prinzip hadder Recht:
die übberlegen au, wie se da reinkommen.
Und datt natürlich positiv, immer nur positiv und
datt, tja – datt geht nich mit Polletik. Wennse sich
auffet Berufliche konzentriern täten, hättense ja nix
vorzuweisen – wie willze gezz Fiesionen knipsen?
Für „Pollitiker" musse deshalb heutzetage vielvielmehr
können, datt sind quasi sowatt wie die multimedialen
Lichtgestalten der Neuzeit, dem Kirch seine David
Kupferfelds. Zum Beispiel als Ministerpressedent –
watt musse da nich alles tun! Und unter watt für
Umstände! Denen bleibt abber au nix erspart.
Clement zum Beispiel: vorn stillgeleechten Hochofen
in Düssburch mußter als „Modell" posiern, für
Klamotten. Tüpp „einsamen Wolf", mit Blick übber
die endlichen Weiten der Industriekultur.
Gesicht wie John Wayne nachem Sechs-Tage-Ritt.
Während Claudia Schiffer sich auffe Route 66 mit ne

Haarli Dewittsen in Positur schmeißen daaf, muß er mippem Mopped auffe B 8 in Stau.

Au datt is Schicksal. Und alles nur für Medienpräsenz. Für Möllemann zu werden musse Falschirmspringen! Und datt habbich dem Bommel gesacht: Ich mein , die lesen schon allein deshalb die Bild, weil se da ma mit Faabfottos rechnen können. Bommel meint, ich soll ma schreiben (für dä Fall datt Möllemann datt hier liest), er soll ma direkt bei uns hier mitten übber de Bude abspringen. Von wegen Wirtschaftsförderung. „Dann steicht mein Verkauf von Brötkes um 18 Prozent" sacht Bommel und hält schomma die Pollaroid bereit.

Und datt, sacht er, datt sei nich spekkelatief – datt sei schon literarisch:

Herrn Bommels Gespür für Mett.

Probefaahrt

Näh, watt ne Nummer. Ich hätt mich widder aum Boden werfen können für zum Trommeln. Da waarnse ma widder alle unterweechs, unsere Obberbürgermeister vonne zukümftigen Anschwebestätten für diesen Metro-Rabbit. Ich hatte bis dahin immer geglaubt, die kennen datt Dingen schonn, abber datt waa wohl mehr so … theorettisch.

Und deswegen sindse dann ma da hin, auffe Teststrecke, kleine Probefaahrt machen. Also datt muß ungefähr so gewesen, wie mitten Neuwagen auffen Autosalong: Hasse ersma dringesessen, willzen unbedingt haben. Koste et, watt et wolle. Ich willet ma so sagen: Von Männer habbich au nix andres erwaatet. Wenn die ne Eisenbahn sehn, dann kriegense leuchtende Augen und dann kommse alle immer mit datt gleiche Aggument, übber dattse sich beim Einkauf vonne Gattin eben noch aufgereecht ham. „Datt wollt ich schon immer." Wie gesacht, Männer … Abber bei diese Ausfluuchsfaahrt waa auch ne Frau dabbei, Bärbel, die Erste aus Düssburch, die den Beinamen „die ohne falsche Scham regiert" führt. Und die kam da gezz zu bahnbrechenden Erkenntnisse: Bei 405 Killometer inne Stunde kannze sogaa noch Tasse Kaffee trinken!

Mein Gott, ja, warum au nich? Mit 800 klappt datt sogaa in 6.000 km Fluuchhöhe noch – da wird datt wohl halbsoschnell knapp übberm Boden au gehn.

Nur datt datt ja am Ende völlich egal is, weile aum Weech nach Schicht ja kein Kaffee säwiert kriss und dä rasende Rabbit bei uns im Pott nich schneller sein kann als die S-Bahn von Müllheim na Oberhausen.

Nichma Schuhmacher führ mit 400 inne Sackgasse. Naja, abber woher sollt die Frau datt gezz wissen? Die fährt keine S-Bahn.

Dä ein odder andere durfte abber nich mit auffe Kaffeefaahrt, sondern mußte Zuhaus bleiben. Die dürfen zwaa bein Bauen mitspieln, kriegen abber keine Haltestelle. Kuckense ma, datt is ja am Ende alles bisken so wie früher mitte Modelleisenbahn. Viele baun auf, abber nich jeder kricht datt rote Mützken und die Trillerpfeiffe. Sie wissen datt, ich habbet immer schon gesacht: datt Pollitiker irgenswie sonn frühkindliches Deffezit ham und dann ein lebenlang versuchen, datt nachzuholen, datt Deffezit. Und am Ende verstaubt datt Dingens dann, genau wie dammals die Eisenbahn, im Keller. Weilet längs Super-Pokkelhuhn-Kettcaars gibt.

Unsereins, dem kann datt alles völlich egal sein: Wir stehn so odder so aum zugigen Bahnsteich und kommen nur mit Mühe vorwärts.

Und datt, datt is nich nur blöd – datt is au nich billich.

Rechtsfragen

Ich weiß gaa nich, wie datt gezz is …mitte Steuererklärung. Also, watt ich mich fraach is: Muß datt noch stimmen, watt ich da reinschreib?
Odder reicht gezz die fristgerechte Abgabe?
Wär ja nur gerecht. Wennet au bei mir egal is, dann könnte ich datt ja quasi als einzichaatige litterarische Herausforderung betrachten, irgens sowatt zwischen Dichtung un Waaheit. Übberhaupt …
Ich find ja, die Rechenschaftsberichte vonne Paateien solltenwer demnäxt gleich vom litterarischen Quaatett besprechen lassen.
Kuckense ma, watt sollen sich Gerichte denn dammit belasten, wenn am Ende doch nur ein Marzel Scheich-Rabbatzki datt beurteilen kann?
Und, ma zu Ende gedacht, datt mitte fristgerechte Abgabe: Watt soll datt? Wir sollten datt gleich lassen, datt führt doch widder nur in dä näxte Rechtsstreit.
Dammals, ich weiß nich, ob Sie sich übberhaupt noch dran erinnern, da sollten ja au ma die vonne Freie Dekadenten watt zurückzahlen. Weilse irgendwatt nich fristgerecht gemacht hatten.
Ich glaub, dä Otto Solms, dä hatte dammals ein Antrach verpennt.
Die durften abber dann alles behalten (sons wärnese nemmich pleite gewesen), weil ein Gericht gesacht hat, fristgemäß, datt ging quasi au sinngemäß …
Wie soll ich datt bloß erklärn …?
Also et käm nich immer so genau mitte Pünktlichkeit, man könnt, gegebenenfalls, quasi …verspätet pünktlich sein. Also gewesen sein. Also: verspätet pünktlich gewesen sein, näh: gemacht werden. Odder so.

Jedenfalls brauchen Paateien sobbiso und nie und unter übberhaupt gaa keine Umstände jemals irgenswatt zurückzahlen, und kriegen immer, watt se noch mehr brauchen.

Sehnse – und datt will ich auch!

Datt is genial, datt Prinzipp, datt is sowatt wie … modernes Rechtsdisein.

Und Rechtsdisein, datt heißt ja … Analogieschlüsse und datt kann nur heißen: Für meine Steuererklärung gilt gezz datt Gleiche wie fürn Rechenschaftsbericht.

Ich geb se irgendwann ab und waate dann auf ne Besprechung durch datt litterarische Quartett. Hatt dä Kasaschock ersma mein Kapitel mitte Werbungskosten innen Himmel gelobt – ja da krich ich doch nowatt raus!

Und watt meine Einnahmen, Aufträge und Sponsoren angeht – da habbich mein Mamma versprochen, datt ich dadrübber nie nie nie reden werd.

Übber Geld spricht man nich. Steht bei uns schon im Familienwappen.

Ehrenwort!

Fieswort für Jahre

Datt waa schon letztes Jaah so, datt datt für mich datt Wort des Jahres gewesen waa.

Abber dammals dacht ich so, sach ma nix, sons spielße dä Blödsinn au noch hoch. Abber gezz, wose au Diesjaah alle dadrübber am senilen sind, da geht datt nich anders. Ich muß watt machen. Ich kür datt gezz zum FiesWort der Jahre:

datt „Lebensarbeitszeitkonto".

Lebens-abbeitszeit-konto! Datt muß man sich wirklich auffe Zunge zergehn lassen, bevor et einem im Hals stecken bleiben will.

Ich sachet ma so: Ich hab schonn datt „Bündnis für Abbeit" nich kapiert. Und gezz datt kommen die mir mit datt „Lebensabbeitszeitkonto".

Da reicht meine Phantasie kaum für. Is datt sowatt wie früher, wo et datt Büchsken vonne Spaarkasse mit Fümf Maak drauf zur Taufe gab?

Muß ich mir datt gezz so vorstellen, datt, wenn ich geborn werd, mir quasi ein Kontingent an bezahlte Abbeit zusteht? „Liebes Elternpaar, wir erlauben uns ihrem Kind 10 Stunden bezahlter Abbeit in die Wiege zu legen. Mit freundlichen Grüßen. Ihr Zweichstellenleiter." Und wenn ich die abgehoben, also quasi abgeaabeitet hab, watt dann? Watt is mit Übberstunden – werden die dann draufgerechnet odder abgezogen? Wenn ich – egal wie gezz – innet Minus komm – muß ich dann beispielsweise selbs ne Putzfrau einstellen? Für Ausgleich? Zahl ich ein, wenn ich nix tu? Und muß ich datt dann im Alter ababeiten? „Liebe Frau Müller, Rente gibbet vorerst nich – sie ham da noch achtundzwanzigtausend ungeleisteter

Lebensabbeitszeit auf ihrn Konto – die werden Sie erstmal ableisten müssen. Kommen sie mit Achtzich wieder"…

Meingott, eines Tachs kommen die einem doch dann mittem Lebenszeitkonto. Aus Vereinfachungsgründen! Datt mach ich mir alles ja gaa nich mehr ausdenken. Durchenanner wie mein Leben is. Waahscheinlich hab ich, so oder so, schonn jeden Kredit übberzogen.

Dann sollet demnäxt au noch Ehezeitkonten geben. Damit et leichter wird bei de Scheidung. Fragense mich nich, watt genau datt gezz widder is.

Ich denk ma, dä Kanzler hat bisher vier Maa eingezahlt und … Bobbele hat abgehoben.

Auf jeden Fall, so meint meine Mamma, auf jeden Fall wird einer anne Kontenführung verdienen.

LEBENSRÄUME

Sie wissen ja, datt ich eine besondere Zuneigung für den Stadtplaner in seine freie Wildbahn hab.

Letztens, da klaachte widder ma einer sein Leid, ich will gezz au gaa keinen Namen nennen: kennze einen, kennze alle.

Dä jedenfalls sachte bei eine von diesen grandiosen Podiumsdisskessionen, wenner doch bloß mit Menschen sprechen könnte, die ers am Anfang ihrer Lebensplanung stünden: sonne Planungsgespräche, die würden ja anders verlaufen.

Die Sache waa nemmich die, datt die anwesenden Bürger alle nich seiner Meinung waarn und obendrein übberwiegend übber Vierzich.

Dadraus könnwer vor allem eins schließen: Den Planungsdezernenten liecht also nix anne Weisheit des Alters – die planen die Stadt für die Spaß-generation! Sehnse – und datt seh ich anders.

Dä Himmel möge uns davor bewahren, datt wir in einer Welt leben müssen, die auf einen Haufen durchgeknallter Teenager zugeschnitten ist, die außer Sörfen im Internet und Dauertelefonieren mit Händi nix im Kopp hat und neben „geil, supii" und „cool, kraß" kein gescheites Wort rausbringt, datt einem im Kommenikationszeitalter übberhaupt ma die Möchlichkeit gäb, rauszufinden, wattse sons noch inne Birne ham. Datt die Anhänger der Spaß- und Freizeit-Kultur, die von Kindesbeinen an zu nix anderm als zum Konsum erzogen wurden, und ihre Schnürsenkel bis heut nich zugebunden kriegen, gerne sowatt wie datt CentrO zu ihrn Lebensmittelpunkt machen würden: datt is mir schonn klaa. Abber irgendwann isset ja au ma am Ende, datt Geld von Pappa und Mamma. Au datt Gespaate von Oppa und Omma. Ich hab übrigens fümmenzwanzich Jahre inne Rentenkasse einbezahlt – soviel ham die, für die ich demnäxt Verzicht leisten muß, noch lange nich vertellefoniert. Während andere, die denen et nich so gut geht, deren Vatter abbeitslos is und für die et keine Ausbildungsplätze gibt, zweifelhaften Freunden mit kahlrasiertem Kopp inne Aame getrieben werden, weil die Mittel für vernümpftige Jugendaabeit nich da sind. Könnten die alle mit Menschen sprechen, die nich grade ihre midlife-crisis im Stadtplanungsamt austoben, sondern ernsthaft die Zukunft lebenswert gestalten wollen: Uns allen wäre viel geholfen.

Wahrzeichen

„Und?" sacht Hugo, „schmecken se?" Gemeint waarn die vierhundertfümfzich Gramm Trüffel, die ich geschenkt gekricht hatte. Sie müssen wissen, datt nix (außer Schokkeladelinsen) mich so inne Verzückung bringen kann wie Trüffelkes. Selbs Männer nich. Am besten in zaatbitter. Wie au immer: Hügsken, der um meine Leidenschaften weiß, hatte mir eine Geschenkkiste voll davon mitgebracht. Eine Holzkiste, so wie Zigärrkes, und auffen Deckel von diese Kiste stand „Duisburg" und alles watt zu Düssburch gehört waa dann abgebildet, also so … inne Kiste eingebrannt. Und wie ich mir so die Abbildungen am bekucken bin, da isset mir wie Schuppen vonne Augen gefallen. Also, et waren drauf: Innenhafen mit Schiffe (gibbet so nich mehr), 3 Erzkräne (bei Nacht und Nebel weggesprengt), ein Könich-Pils-Haus (is gezz Holsten), Bäume (gefällt), die Salvatorkirche (geschlossen), die Mercatorhalle (da wird grad zum Generalangriff geblasen), dann datt Theater und datt Rathaus.
Datt Theater wirße abber demnäxt nich mehr sehen – datt verschwindet optisch hinterm Hotelturm vom Casino. Düssburch, also datt, watt davon wahrgenommen wurd, verschwindet. Is quasi schon verschwunden, denn wennet nich gelingt, die Mercatorhalle zu schützen, dann is auffe Trüffelpakkung für mein 44igsten schonn nur noch datt Rathaus aum Deckel.
So deutlich wie auffe Pralinenkiste hat ich datt noch nie vor Augen: Düssburch, datt, watt wir kennen, datt watt wir lieben, is schon so gut wie wech.
Nur noch die Mercatorhalle, dann hamset geschafft. Am liebsten würd ich allen sonne Kiste schenken,

damit jedem die Augen aufgehn, watt passiert. Abber damit waa mein Geburtstach noch nich vorübber. Inne Zeitung stand nemmich dann zu lesen, datt dä Planungsdezernent, unsere lebende Abrißbirne, als Näxtes plant, ersma die Bezirksvertretung-Mitte zu entmachten. Datt sind die, die ihm dä Kantpark nich umnieten ham lassen und sich schützend vor Bürger und Bäume gestellt ham. Nu, so standet da, will er, datt die Bezirksvertreter die Zuständichkeit für den Paak abgenommen kriegen und dä Stattrat datt Sagen kricht – den hadder wohl besser unter Kontrolle. Steht die Demokratie im Weech, muß se genauso wech wie die Bäume!?

Ich weiß nich, wie et Ihnen dabbei geht – als ich datt gelesen hab, da wußt ich ein für alle mal, woran ich bin. Deutlicher kamman et nich gezeicht bekommen. Da muß man ja fürchten, datt übber Nacht und per Tischvorlage die Bürgerbegehren widder abgeschafft werden – bevor et noch dazu kommt, datt wir ernstlich Gebrauch davon machen! Soweit die Geschichte von mein Geburtstach und einem Pralinenkistchen mit „Wahr-Zeichen". Ich hab nachen Verzehr Bauchschmerzen gehabt. Watt nich anne Trüffel laach – Delikatessen teil ich mir immer gut ein. Im Überfluß liecht Übberdruß, da wehrt man am besten schon den Anfängen.

MERCATORHALLE

„Samma, Mimi", sacht dä Franz," watt is eigentlich mitte Mercatorhalle, warum is dir so dadran gelegen? Du bis doch sons sonn modernen Mensch, watt hängße denn ausgerechnet an sonne alte Halle? Schön isse au nich! Und rennewiert werden musse sobbiso!"

„Sicher", sach ich, „datt weiß ich. Abber kumma, Franz, die Mercatorhalle, datt is doch mehr gezz als ein Haus. Die Halle, datt sind gute Zeiten un schlechte Zeiten, datt sind Erinnerungen an Feste, Konzerte, au an Liebesgeschichten. Die Halle, datt is ein Symbol.

Kumma, wer nich weiß, wo et hingeht, der sollte wenichstens wissen, wo er herkommt. Dammals, Franz, datt waa Aufbruch und Wachstum, datt waa … Wirtschaftswunder.

Datt waa Teilhaben an alles, an Kunst un Kultur, und die Halle, datt is datt Kulturzentrum gewesen. Isse noch. Und dä Maloocher hatte Anteil an datt Wirtschaftswunder, konnt seine Kinder Lehre machen lassen, auffet Gymnasium schicken, studiern.

Heute verlierter alles widder … dä Pütt, dä Pott, alles dicht, dä Wohlstand is gezz Kredit.

Lehre is nich, und wenne datt Studium rum hass, bisse zu alt für alles.

Die Halle – datt is ein Wahrzeichen. Datt is Hoffnung un Zuversicht, datt is ein Stücksken, aus eine Zeit ohne Angst. Und gezz isse für mich au ein Mahnmal, Franz. Da soll dä größte Automatensalong von ganz Europa hin. Spielcasino. Automatensalong, verstehße! Oben dann klein Separee für die, die dä passende Anzuch ham. Da weiß man doch, um wen et geht, wenn dä größte Automatensalong Europas mitten inne Zitti vonn eine Stadt soll, die zu de Spitzenreiter gehört, watt Abbeitslosichkeit angeht. Da träächt die Zielgruppe jedenfalls kein Smoking."

„Und datt", sach ich fürn Franz, „datt kann doch kein Ersatz sein, für all datt, watt mitte Mercatorhalle verlorn geht. Die Erinnerung an eine Zeit voll Zuversicht, in der haat maloocht, abber menschlich mittenander umgegangen wurd. Dä Strukturwandel is wie ein Orkan durch unsere Städte un Leben gefeecht, da iset nich zuviel verlangt, wenn Bürger datt, watt sie als datt schlagende Herz ihrer Stadt empfinden, behalten wollen."

„Jau", sachte da dä Franz.

Und mehr is au nich zu sagen.

SPIELHÖLLE

Es war einmal ein kleines Reich im Ruhrpott, das wurde regiert von der Königin Montagmorgen. Die hatte in ihrer Burg einen großen Spiegel, vor den sie gerade trat. „Spieglein, Spieglein an der Wand, wer ist die Größte im ganzen Land?"„Frau Königin, ihr seit die Größte hier, doch der mit dem Centro is noch tausendmarkgrößer als ihr!" Da bekam die Königin einen großen Wutanfall und rief nach ihrem Hausmeister, um ein bißchen Dampf abzulassen.

„Jupp, heut abend kommen die Fürsten und wir wollen ein bißchen Demokratie spielen – warum ist der Ratssaal noch nicht geheizt?"„Majestät – der Kohlenkasten is leer." Da bekam Majestät einen neuerlichen Wutanfall „Jupp, habe ich nicht den Hofbaumeister angewiesen, den Kohlekasten auf König Heinrichs Platz zu stellen, auf das er sich fülle? Holt mir den Hofbaumeister, abber sofott!" Bald drauf betrat der Hofbaumeister die Burg. „Majestät, das Volk fragt, warum der Kohlenkasten unbedingt auf seiner Kaffeetafel stehen soll. Das Volk will es nicht und beruft sich auf ein Gesetz, wonach es abstimmen dürfe. Das Volk …" Die Königin fiel ihm ins Wort: „Das Volk, das Volk … papperlapappschnickschnack! Dann schaffen wir es eben ab!" rief sie. „Das Volk oder das Gesetz?" fragte der Baumeister. „Das Volk natürlich", antwortete die Königin und stampfte mit dem Fuß auf. „Gut, Majestät, meine Meinung, aber, mit Verlaub: Das geht nicht. Das Volk hat Euch gewählt!" „Ach so? Naja. Trotzdem: Der Kohlekasten kommt auf den Platz! Gesetz hin, Volk her … das läßt sich richten. Holt mir den Rechtsdesigner!"

So ging das den ganzen Tag. Und während die Königin und ihre Minister an neuen Gesetzen feilten, hatten sie Jupp, den Hausmeister, völlig vergessen. Der stand nun da mit seiner leeren Kohlekiste und wußte nicht, wie er den Ratssaal beheizen sollte. Die letzten Brikett waren für den königlichen Fuhrpark draufgegangen. Das Tischlein-Deck-Dich hatte man einst so überfüllt, daß es zerbrach, den Goldesel hatte man verkauft und hätte ihn zu teuer zurückmieten müssen und die Kuh, die man gemolken hatte, war so abgemagert, dass sie schon lang keine Milch mehr gab. Und er, Jupp, würde am Ende wieder schuld sein, weil der Ratssaal unbeheizt und die Küche kalt geblieben war!

Der Hausmeister sah auf den leeren Kohlekasten und fing bitterlich an zu weinen. Da kam die Hofnärrin vorbei, sah Jupp, der schluchzte und fror und gab ihm ihr Mäntelchen. Dann nahm sie ihn bei der Hand und lief mit ihm, barfuß wie sie war, rüber zum Könich-Heinrich-Platz, über dem der Mond gerade aufgegangen war und wo Tau auf der Wiese lag.

Sie setzten sich, sahen still in den Himmel und lauschten leiser Musik, die aus der Mercatorhalle zu hören war. Und in eben jenem Moment fiel eine Sternschnuppe herab – genau in des Hausmeisters Schoß, dem ganz ganz waam geworden waa. „Watt is datt?" hat er die Hofnärrin gefraacht. „Herzenswärme", hat sie gelacht. Und wie der Jupp den Sterntaler so nimmt und ihn ansieht, da sieht er eine Inschrift: „Woanders is au noch Platz." Da lachte auch der Hausmeister und kehrte weise in sich selbst zurück. Die Königin aber regierte einfach so weiter.

Epicentro

A hauahauahaua – da können sich inne Rathäuser ma einige waam anziehn.

Von wegen „rettet die deutsche Sprache" (ma widder). Gezz ham sich nachem Verein zur Wahrung der deutschen Sprache ja au Bundespollitiker gegen dieses Denglisch ausgesprochen, mit dem hier seit Jahrn die Leute verblödet werden.

Tja, ich denk, dattse sich an ihre eigene Basis da nich richtich auskennen.

Datt epische Zentrum vonne Sprachdetonation is ja hier bei uns, mitten im Pott. Obberhausens Oberbürgermeister, im Volksmund Phrasen-Drescher genannt, steht ja inne vorderste Front bei de teutonische Sprachverwirrung.

Neueste Kreation aus sein Sprachlabor is datt „New Governement".

Kein Obberhausener hat bisher je herausgefunden, watt seine letzte Erfindung waa, datt „Rathaus ohne Ämter" – und schon gibbet datt näxte, diesma Englisch.

Fragense mich gezz nich, watt datt genau is, datt „New Governement", sowatt weiß immer nur dä Nju Gawänner selbs. Nur soviel: „Neue Stadtverwaltung" hädder ja nich sagen können. Da hätt jeder gefraacht „Wieso neue Stadtverwaltung? Hamse nich ers datt Rathaus ohne Ämter?"

Sehnse ma, sowatt wie die „dritte Mitte" – datt kauft einem ja keiner mehr ab. Irgenswann is Schluß, da fälldet au dem Dümmsten auf.

Und verkaufen wollense ja alle heutzetage, au dä „Konzern Oberhausen", wie sich die Spezialdemmekraten da gern selbs nennen. Dä Konzern Oberhausen! Diesjaah noch. Näxtes Jaahr schon „The Upperhouse-Compänie."

Watt endlich ma watt für sich hätte. Dann könnwer vielleicht anne Börse unsre Städte zurückkaufen und als Akßionäre dann endlich bestimmen, watt uns als Bürgern nich gelingt: wie wir leben wolln.

Wenn, wie gesacht, wenn unsre Sprachjongleure nich plötzlich vonne Sprachgesetzgebung ausgebremst werden. Verstoß gegen datt Reinheitsgebot der teutschen Sprache. Watt meinense, watt datt inne Rathäuser Knöllekes hageln täte: Outzorzing, Zell und Liesbäck, Joint-Wentschörs, Call-Zenters …

Hoffentlich hatt dä Top-Äct in se New Middle von Ruhrtown übberhaupt genuch Kleingeld für Buße zu tun.

Ich fürcht, auf dä Feinäntschel-Männätscher von Upperhausens Stadtkass kommen mit und ohne Ämter plenty of Problems zu.

Kein Herz auffe Zunge, kein Arsch inne Bux.

Pleite, you know?

BLIND

Ich steh so am Herd und kuck der Hühnerbrühe inne Augen – da rummst datt anne Haustür. Und fraach mich nich wie.

„Mach die Tür auf, sons tret ich se ein!"

Und widder trommelt, hämmert, rummst datt anne Tür.

„Mach auf, ich hol dich da raus, dich krich ich!"

Ich denk so, nä, Mimi, da machße besser nich auf, rücks die Möbel vor de Tür und rufß die Polizei.

Nachem Blick aussen Fenster wußt ich nemmich: Anne zehn Typen standen unten vor meine Tür und begehrten mehr als Einlaß. Datt Zicklein und die zehn Wölfe, dacht ich, irgenswatt stimmt hier nich. Schiß inne Bux. Ich hab nemmich kein Uhrkasten für mich zu verstecken.

Die Polizei kam dann und stellte zunäxt ma fest, datt ich – mit watt au immer – nix zu tun hätt (man hatte sich inne Tür geirrt). Und man stellte fest, datt ich abber dennoch keine Anzeige erstatten könnt, weil ich ja in keinste Weise geschädigt sei: weder Tür noch ich kaputt.

Während drei Polizisten drei Jugendliche befraachten, ham die andern fümf Pänz festgestellt, datt die Alte (also ich) ohne Zeugen sei und sie höflich angekloppt ham.

Dann fuhren alle auffe warme Wache – nur ich hab noch lange ohne Jacke inne Kälte aufn Schlüsseldienst gewartet. In der Aufregung hatte ich nemmich datt falsche Bund gegriffen und stand nu immernoch schlotternd, wenn auch aus andren Gründen, dumm da. Inzwischen verbrannten die Frikkos aum Herd. Die

Gaffer, gestandene Männer, von denen ich nix gesehn hab, als die Bande mir die Tür eintreten wollt und die dann zusammen mitte Pollizei eintrafen, warn inzwischen auch widder dem Ferseh ihr Gesicht zeigen, als ich 120 Maak für Schlüsseldienst und die Erkenntnis bezahlt hab, datt jeder vor jedermanns Tür treten und ihn bedrohen darf, ohne dafür au nur verwarnt werden zu können. Später rief dann mein Liebsten an: er hatte sein Autoschlüssel stecken gelassen, um kurz seim Freund mit Bäbi un Kinnerwagen auffe Treppe zu helfen. Als Jasminken dabbei erwachte, ham die Männer sie getröstet. Daran, datt datt Auto unverschlossen waa, dachte keiner mehr.

Statt Schlüssel gabet dann nur noch ein Zettel: auffe Polizeiwache (zu Fuß ne halbe Stunde) könnt dä Schlüssel abgeholt werden. Ärgerlich, aber ne nette Geste, denken Sie? Dachten wir auch.

Ham uns dann abber sehr sehr ernsthaft un eindringlich „beleeren" lassen müssen: übber unser Fehlverhalten. 20 DM Buße.

Tageslehrgeld: 140 DM.

Eigentlich kein Preis für einen so tiefen Einblick innet Rechtssystem.

Eis inne Sonne

„Und?" sacht Hotte „Machßet Mimi? Datt Hulla-Fotto …?"

Die Sache is die, datt Bommel sonne Maaketingfibel inne Hand gekricht hatt und nu behauptet, Zex zells. Seither is anne Bude nurnoch Blödsinn im Schwange. Die Jungs meinen, wenn ich mich entschließen könnt, nakkich datt Frollein von Seite Eins inne Bild zu sein, einmaa nur, daddich dann au meine Bücher noch besser verkaufen könnt.

Jeder, sacht Bommel, bräucht heutzetage „Cörpereit Eidentitti" und am besten sei den Cörper … ehm nakkich.

„Ährlich gezz," springt dä Schabrowski ihm gierich bei, „dä Bommel hat Recht. Du biss nich zexi genuch, Mimi. Watt meinße, watt die Frolleins vonne erste Seite berühmt sind. Watt die Post kriegen und watt die wattauimmer verkaufen! Und warum? Weilse Zex ham! Wenne Bestseller werden willß: schling Dir sonn Hulla-Tüchsken ummen Bauch, kauf dir sonn Pusch-App-BH, odder besser noch: kauf dir keinen – und dann vergiss ma ganz schnell datt Paßfotto von Dir. Wirß ma sehn, watt du Leserbriefe kriss! Säckeweise!"

„Schomma watt vom Reiz des Verborgenen gehört?" sach ich, „Hulla-Hupp, Pusch-Upp … datt geht doch alles anne Tatsachen vorbei … Männer, tzzz … alle gleich …", sach ich. „Ja sicher", meint dä Bommel," „alle gleich. Und? Watt kannze drauss lernen, Schätzken?" Ich mitte Schultern gezuckt. „Nix. Übber Euch weiß ich schonn alles." „Mimi, Mimi", schüttelt dä Bommel dä Kopp, „man muß nich nur wissen, man muß au anwenden! Mit Speck fängße Mäuse…

Hier hasse Händi, ruf dä Redaktör an, er soll dä Fottegraf gleich hierhin schicken für Brustbild. Solln ein schön Text dabbeischreiben, irgendsowatt wie: Naschkätzchen auf winterliche Nahrungssuche. Wenn die blonde Mimi drei Dinge liebt, dann ihr Hulla-Tuch, Leserbriefe und Bommel seine Bude. Wer will der Emschersüdseite-Perle da nich gern Postbote sein!" Soweit Bommel, der hoffnungsvoll für heute fuffzich Brötchen mehr gemacht hat, weiler annimmt, dattet – zwecks Lustaufnahme – ein Auflauf anne Bude gibt wie bei ne Demo vonne Postgewerkschaft. Waa nix, Bommel! Kein Speck – keine Mäuse! Watt Du nich weiß, Härzken: ich hab au angezogen Leser. Die schätzen schaafe Sachen gut verpackt.

Abgründe

Für die im Folgenden verwandte Wortwahl entschuldigt sich die Autorin schon jetzt bei den Lesern. Sie legt ausdrücklich Wert darauf festzustellen, daß sie hier nur wiedergibt, was auf Wahlplakaten gedruckt stand.

Hamse gelesen, übber datt neue Plakat vonne Blindgrünen? Also, datt waa so, also datt hatte dammit angefangen, datt in eine Untersuchung rausgekommen sein soll, datt zwei Bevölkerungsgruppen häufiger Sex ham als alle andern: Hausfrauen und Blindgrüne.
Während die Hausfrauen wie immer gelassen auf datt reagiert ham, watt als neueste Weisheit verkündet wird, waa datt dä Triumph für die Blindgrünen. Die ham dann gleich Infomatterial gedruckt, datt waa ja ne Nachricht, die verbreitet sein wollte, endlich watt, worauf man stolz sein konnte.
Und dann prangte datt auf Plakate: „Grün fickt besser!"
Gezz kuckense mich nich so an – meine Idee waa datt nich! Datt Niwwo vonne Nachmittachstalkschaus wird sobbiso dä Bundestach irgenswann erreichen, da solltenwer uns ma nix vormachen. Zex sells! Wie dä Bommel gesacht hat. Zex sells. Und unsern Minnisterpressedenten, dä waa ja vornewech mit datt Thema, wir sind da also nich ganz unschuldig. Letzte Landtachswahl, erinnernse sich? Datt Plakat? „Clement – weil er es kann!" So. „Grün fickt besser" is da nur die direkte Antwort. Hamse übrigens gemerkt? Im ersten Moment geht einem datt ja durch. Aus „häufiger" wird bei denen „besser"!

Kuckense ma, datt is au so tüppisch für die Blind-grünen. Verwechseln immer widder Quantität mit Quallität. Wie bei de Ökosteuer. Datt Schlimme is, die glauben sich datt ja. Dabbei … ich willet ma so sagen: Sehen so Menschen aus, die guten Zex ham? Zex und Polletik schließen sich einfach aus. Wer ein lustiges Zexealleben hat, der kommt doch gaa nich auf die Idee zu regiern! Kuckense sich ma dä Schaaping an! Noch ein verliebtes Jaah mitte Frau Pillatus, dann macht die Bundeswehr die ersten Love- and Peace-Happenings!

Nä, die Welt säh anners aus, wenn Pollitiker Zex hätten! Aber selbs wennwer die gewiefte Umdeutung von Masse in Klasse ma weglassen: „Häufiger", ja watt heißt datt denn, „häufiger"? Hä? Als wer? Der Papst? Abber egal: Zex sells.

Rezzo Bauch is vermuttlich demnäxt also bei Lilo Wanders zu sehn, dä Medienkanzler läßt sich ein Oval-Office von Sör Normann Froster anbaun un Eichel verkloppt Lizenzen für Übertragungen aus Wäsche-kammern.

(St)Höhnlines für 6,66 pro Minute. tEuro, versteht sich.

„Grün fickt besser?" Ich glaub, ich sachte datt schon einma: Wir hier, im Pott, wir kennen die Realität hinter de Sprüche schon watt länger: in Waaheit is immer Hängen im Schacht.

GLAUBE

Hugo, mein besten Freund, is früher Kapitän auffem Rhein gewesen un dann Gewerkschaftssekretär für die Schifffaaht (ich dachte, mach ma mit vier f – is au ganz lustich) und Verkehr in Düssburch. Er is übber siebzich Jahre inne ÖTV un bald fuffzich Jahre inne SPD. Hugo is 89 und sehr sehr weise.

Die Sache waa die, dattwer gerade gelesen hatten, datt dä Gewinn von Thyssen-Krupp übber eine Milliaade is. Datt muß erschütternd wenich gewesen sein, denn noch auffe Pressekomfirenz hat datt Heulen angefangen. Datt sei viel weniger als erwaatet. Und deswegen solln die Tüssener in Düssburch, Achtung gezz, „erhebliche Kostensenkungspotentiale umsetzen".

Kuckense ma, hier im Pott weiß ja jeder watt gemeint is. Datt Potential steht dann umgesetzt inne Schlange vorm Abbeitsamt. Sie wissen datt, ich weiß datt. Und diesen Schulze, dä Scheff vonne Konsorten, weiß datt au.

Und dä Hugo, dä ja datt ganze Jaahhundert erlebt hat, der sacht, datt is gefährlich für alles.

Datt hing doch alles zusammen: die Abbeitslosichkeit und die rechte Gewalt.

Und datt Kapital, so sachter, hätte am Ende vonnet Jaahhunderts alles erreicht, waddet je wollte. Abber et kricht nie genuch.

Alles würd zurückgedreht, worauf man ma als soziale Errungenschaft stolz waa. Die Renten gekürzt. Datt, sacht Hugo, hätt er nie für mööchlich gehalten. Au dä Selbsbedienungsladen nich, dense sich eröffnet ham. Dann is Hugo immer bisken traurich, weiler sich fraacht, ob alles umsons gewesen is, seine Abbeit inne

Gewerkschaft und für die Menschen. Weil seine Gewerkschaft ja au schonn sonne Aat Konzern is.

„Annet Krankengeld sindse gegangen, annet Abbeitslosengeld, Feiertage, Urlaub, Kündigungsschutz, Weihnachtsgeld, anne Medizin, alles nehmense uns widder ab, wofür wir gekämpft ham. Und sie kriegen nich genuch! Gezz die Lohnfortzahlung. Und die kriegense auch, Pö a pö – bei eine Milliarde Gewinn und gesenkte Steuersätze. Ich versteh die Welt nich mehr, Mimi … Der Schröder muß mit dem Kapital sprechen. Alle wissen datt, abber keiner spricht et aus und lesen tuße auch nix drübber." Dann is Hugo eingenickt.

Doch, lieber Hugo.

Hier kannzet lesen. Dafür sind meine Bücher doch da.

Narren

Ich weiß nich, ob Sie datt bemerkt ham, abber wir werden grad widder von Narren regiert. Richtige, mein ich, nich die, die vorgeben watt Besseres zu sein. Sicher, man kann datt heutzetage kaum mehr aussenanner halten, abber unterscheiden kammann se schon. Wenn beispielsweise zu Beginn der Veranstaltung odder mittendrin Sponsoren genannt werden: Dann bisse auf ne Prunksitzung von Prinz Kaanewall.

Wenn zwischendurch odder hinterher abkassiert wird, dann warße im Stattrat. Au anne lustigen, bunten Hütchen kannze se erkennen. Gut, die Heide Simonis, die schießt bisken ausse Reihe – abber im Norden hamse kein Rhein und wer kein Rhein inne Nähe hat odder die Emscher, dä hat au kein Kaanewall und deswegen kann die persee schon tragen wattse will.

Abber hier bei uns kannze sagen: die mit Kappe sind Narren, die ohne sind unsere Unverantwortlichen. Wobei: meist sindet dieselben. Ma so, ma so. Ma mit, ma ohne Kappe. Immer dieselben. Immer Narren.

Die Kaanewallsgesellschaften stehn ja im Grunde genommen vor eine feindliche Übernahme durch die Kommenalpolletik AG. Au dä humorloseste Dezernent is längs irgenswo Ehrensenator. Eine gefährliche Sache für dä pollitische Witz, der ja sobbiso schon am Aussterben is.

Ich bin deshalb ausgewiesenen Anhänger dieser Aat von Monarchie, die sich hier Kaanewall nennt. Manchmal fraach ich mich, obbet nich sogga besser wär, wennwer, nachen Sturm auffet Rathaus, am Aschermittwoch einfach nich mehr abziehn.

Wenne dir die Prinzenproklamationen ma durchliest, da kann dir doch gaa nix besseres passiern, als wenn echte Narren dä Laden ganz übbernehmen.

Zum Beispiel Fritz der Erste von Düssburch: Will sofort die einknöpfigen Banditen, also die Parkuhrn, abschaffen und Aspirin kostenlos verteilen.

Datt bringt doch unterm Strich für unserein mehr als Steuer- und Gesundheitsreform zusammen!

Die Ökosteuer streicht uns jeder Kleine Prinz von Mörs-Trompet bis Wanne-Eichel. Und darum heute ma ein dreifach donnerndes „Glück auf" für alle Kaanewallsprinzen im Pott: Weiter so, Jungens. Nur die Sache mit dem Abdanken, da sollten wir nomma drübber reden.

Bier-Royal

Ende Januar kommt ja immer die Zeit vonne tradizienelle Neujahrsempfänge.

Ich muß dann immer beim Bommel anne Bude zum Defellirn.

Beim Bommel isset immer ganz leescher. Da stehnwer alle rund ummen Schalter, wo er uns dä Pressespiegel macht, also ein kurzen Überblick, watt inne Zeitung steht.

Während Bommels Gattin die Brötkes schmiert, diskettiernwer datt dann aus. Datt alles übberschattende Thema zuletzt waan Bobbele und Babs und wer gezz dä fiesere Charakter hat.

Die Läger waan und sind gespalten. Im Prinzipp kannze sagen, datt die Frauen (außer ich) seltsamerweise alle auf Bobbele seine Seite stehn.

Ich denk ma, datt is sowatt wie dä Muttertick, da geht au die Emmanzepazion nich drübber.

Ja und die Männer, besonders Jupp, Schorsch und Kalleinz, sind auffe Seite von Babs. Datt eigene Geschlecht, sacht Schorsch, datt kenn er ganz genau und da sollt sich ma keiner Illesionen drübber machen. Er muß et wissen. Bevor die Betti ihm ma gesacht hat, woet langgeht, da waa dä ja au nur unterweechs. Dä weiß, wovon er redet.

Betti hat die blöde Ziege dammals um Längen aussen Feld geschlagen und dann haddet ein Gespräch gegeben, von dem bis heut keiner von uns weiß, watt geredet worden is – seitdem is Schorsch handzahm …

Wie au immer, anne Bude hamwer schon manche Lösung für gaa kein Problem gefunden – abber uns fraacht ja keiner.

Zum Schluß (Prost Neujahr) gibbet immer Pils mit „Artilleriefeuer" aus Sektkelche. Bommel nennt datt „Bier-Royal", Mamma „Bordsteinklopper". Jedenfalls hasse danach keine Fragen mehr. Nur Antworten.

„Ich kann Ferkelkes mitte Flasche aufziehn", las Bommel letztema ausse Zeitung vor. Datt waa die Antwort vonne neue Landwirtschaftsministerin auffe Frage nach ihre Quallefikazion.

Schorsch ließ sich vom Bommel dann ein klein Zigärken geben, dä berühmte Emscher-Stumpen, und meinte, er sei gezz soweit für Bundeskanzler.

Nu will abber dä Schorsch nich wech aussen Pott. Datt Kabinett müßte also bein Bommel anne Bude tagen. Uns sollet Recht sein, sollnse nur kommen.

Wir sind in ständiger Fluch-Bereitschaft.

„Näh", sachte die Gitta verzückt, als ich grad dä Abfluß am Reinigen waa.

„Näh, watt fürn schicken Kärl, dä Millionär, den häddich wohl au ham mögen …

Für Dich, Mimi, wärer allerdings bisken zu gefleecht gewesen", füüchte se mitten Blick auf meine Arbeits-Buxe dann noch dabbei. Sachte ich schon, datt ich die Gitta nich ausstehn kann, die alte Giftspritze?

Ich sach: „Gitti, Härzken, die Klempner meiner Wahl verbringen ihre Nacht-Schicht in Dein Bett – da bleibt mir nix als selber machen." Ährlichgesacht: ich kannse nich ab, die Natter. Und datt die au für unter ne Million zu ham is, datt weiß hier jeder. Gittas Problem is: Keiner will se. Die geht nichma vom Wühltisch wech, die Klapperschlange.

Abber zurück nache Milljönäre, sagense ma, würden Sie datt machen? Nich gezz Gitta nehmen – datt trau ich keinem wirklich zu.

Abber nen wildfremden Kerl heiraten, weiler paa Maak auffe Tasche hat? Datt machße doch nur, wenne mit Dein Leben abgeschlossen hass – oder er demnäxt mit seins.

Man brauch sich ja nur ma übberlegen, watt für Modelle umsons zu haben sind – und da soll einer nich ma mit Geld anne Frau zu bringen sein?

Da stimmt dowatt nich. Na, datt mach watt sein! Datt hatt doch Gründe! Mamma meint ja, datt sei alles nich so Ernst zu nehmen, Fernseh sei sobbiso nur noch watt für Doofe.

Ja, Mamma! Abber Doofe „gezz mit noch mehr Geld". Da gehdet zu wie aum orientalischen Basar! Also bevor ich sonn Übberaschungsei nehmen tät, dä ging ich lieber innen Container. Da isset nach 100 Tage vorbei. Kuckense ma, datt nutzt eim doch au gaa nix, wenn dä Kerl gut aussieht.

Charakterlich bisse mit Quasi Modo besser bedient als mit Jörch Haider. Und datt is au völlich egal, datt er Geld hat – die entscheidende Frage is doch: Daaf sie datt ausgeben?

Wenner denn übberhaupt watt hat. Gitta ihrn Lügenbaron is ja obendrein noch pleite. Als häddichet nich geahnt. Schade, dattzen nich gekricht hat – so gesehn häddichen ihr gegönnt: Verstopften Abfluß, keine Maak auffe Tasche und n Kerl mit zwei linke Hände: da hätt ich ihr doch glatt meine Rohrzange gepumpt und mir einen von ihre Ehemaligen kommen lassen. Die hätten all widder Zeit …

PROSPER

„Watt hälße denn davon, datt wir gezz Winter-sportgebiet werden, Mimi", fraacht mich dä Kalleinz, dä endlich datt rennewiern für seine Blaagen feddich hat.

Die ham datt gut! Glaubense mir hätte ma einer die Wände tappeziert?

Vatter bekuckt sich die Radieskes von unten und die edlen Prinzen, die hier umme Burch rumlungerten, die mögen für Apres-Schiss getaucht ham, abber ne Rolle Raufaser krichte von denen keiner anne Wand.

Womitwer widder bein Thema wärn.

„Ruhrstadt – die neue Wintersportmetropole". Ruhr-stadt. Wintersportmetropole.

Ich willet ma so sagen: Als ich vor Jaahrn gefrotzelt hab, daddet eines Tachs soweit kommen wird, dattwer Abfahrtslauf von Halde Prosper Bottrop und datt Neujaahrsspringen aus Oberhausen vonne Vier-Gaso-meter-Tournee zu sehn kriegen werden, da ham alle gelacht.

Abber seit Rosi Mittermaier die erste Piste aum Düssburger Weihnachtsmaakt anno 99 eingeweiht hat, da waa die Wirklichkeit selbs Satire geworden.

Sogga Wasserschi inne Blaue Lagune geht schon, Sörfen auffe Emscher is nur noch ne Fraage der Zeit.

Mamma hat letzten Sommer erstmals mit japanische Touristen im Schrebbergaaten Tischörts tauschen müssen.

Für datt näxte Jaah plant dä Kleingaatenverein Folkloreveranstaltungen: „Ententanz bei Schmizzens Hans". Abber dä Wintersport – dä kratzt an unser Immitsch.

Weil … wegen den Kuat. Kuckense ma, dä Kuat Schabowsky: seit Jaahr und Tach packt dä im Dezember, wenner auf Schicht fährt, die Schier auffet Dach.

Nich gezz, datt dä jemals in sein Leben Schi gelaufen wär. Dä kann datt gaa nich. Im Stau, unterweechs nach Hoesch, da sollten alle denken, er sei schon auffen Weech innen Winterurlaub. Beneidet wollter werden. Mit Schier im Stau – datt is ja bisken wie Waaten aum Schilift.

Ganzganz anders als Stau zur Abbeit. Sehnse – und dammit is gezz vorbei.

Wenn dä Kuat dattselbe heute macht, da heißt datt sofott:

„Kumma, dä Doofe, fährt au auf Halde Prosper, für mehr reichtet wohl nich." Und sehnse, genau datt mein ich, wenn ich sach, datt kratzt an unser Immitsch. Wir sind gaa nich blöd. Wir können nur billich.

Weltenbummler

Au Du mein Sohn, Eichel? Von wegen umsons fliegen mitte Lufthansa – nix da, solang die nich jede erdenkliche Ortsvereinssitzung im Fümf-Minuten-Takt anfliecht, da werdenwer uns damit abfinden müssen, datt nich nur dä rote Bulle Flügel verleiht, sondern au die Lust – paadong: Luftwaffe.

Abber watt mich ja am Ende brennend intressiert, datt is, obbet da wohl au sonn „Meils änd Mohr-Kontos" gibt? Watt meinen Sie? Oder sonn Pay-Back-System, also diese elektischen Rabattmärkskes? … Ach näh. Nä, datt geht nich. Wer nix bezahlt, kann ja nix zurückkriegen.

Obwohl… wenne anne Kilometerpauschale denks … gehß zu Fuß, kriss abber dä Spritzuschlach. Nix is unmööchlich. Meinense datt gibbet?

Also, wenne gezz, sagenwer ma du als Eichel, wenne da gezz zwischen Kassel und Frankfurt odder wattweißichwo, also wenne da öfters ma mitte Bundeswehr fliechs, statt Linie…oppe dann ab soundsoviel Killemeter ein Langstreckenfluuch grattis kriss? Im Jäger 90 odder mitten Starfalter?

Odder sonswie ne andere schöne Belohnung, irgendwohin, wo au nix getan wird, abber die Langeweile wenichstens Spaß macht? Drei Wochen Tonga zum Beispiel. Tonga soll sehr sehr schön sein.

„Wir danken für die Kundentreue, Herr Minister, beehren Sie uns bald wieder an Bord der Peacefull-Airlines?"

Odder au ma – alternativ – ne Kreuzfahrt mitte Kriechsmarine? Vielleicht is dä Schaaping gaa nich auf eine orientalische Lustreise gewesen, dammals, wiese ihm andichten wollen, sondern dä hat in Wirklichkeit nur seine Meilen verbraten. Dann wär uns datt keine Maak extra gekommen.

Übberhaupt: Reisefieber wo du hinkuks. Datt grassiert ja wien Firrus. Sacht ja schon datt Wort: Fieber. Also Krankheit. Unsere Unverantwortlichen machen ja 40 % mehr Reisen als noch zu Kohl seine Zeiten. Fieberhaft.

Wen wundert datt? Die Spezialdemokraten ham 16 Jahre aufzuholen, datt geht schon fast gaa nich mehr anders als mit ständige Fluchbereitschaft. Da bleibt gaa keine Zeit für sich aum Airport zu vertrödeln!

Andrerseits fallen ja die Reisen inne Schweiz und na Lichtenstein weg.

Hamse versprochen!

Und au sons sindse die Krankheiten ja am kurieren:

Sie ham die Diät schon erhöht.

Un für uns is au gesorcht:

Aderlaß.

Ein altes probates Mittel.

Bei Nebenwirkungen fragen Sie Ihren pallamentarischen Vertreter.

HoHoHo!

Gestern seh ich Nikkelaus in sonn Zelt inne Stadt sitzen. Dä kam mir grade Recht. Erzählt mir, er führ mitten Ruprecht nach Berlin und tät unsern Unverantwortlichen ma gehörich die Levitten lesen und dann sowatt!

Ich denk, waat ma, Härzken, Dir wird ich watt erzählen!

Ich mich ein Stück kürzer gemacht und auffe Knie angestellt inne wartende Kinderschaa. Ich waa widder ma die Letzte. Wie dä mich sieht, da rollter mitte Augen „Sach nix, Mimi, sach bloß nix", sachter und zuckt mitte Achseln.

Ich sach „Komm, erzähl ma, watt is passiert?" und da hadder dann berichtet: „Als wir ankamen, da waa datt Kabbinett bereits am tagen. Punkt 1 waa schon abgehackt, und als zweites ginget ummet Benzin. Münzefärrie, euern Mephisto vonne Ruhr, meinte, datt die Spritpreise sowatt von gestiegen wärn, datt dä abbeitende Mensch, dense vor Jaah un Tach selbs inne Mobilletät getrieben hätten, sich die Fahrt auf Schicht nich mehr leisten könnt. 'Da muß doch dä Autofahrer entlastet werden! Datt machenwer zur Scheffsache!' pflichtete dä Spaßkanzler bei und gab sonnem kleinen Modelläutoken, mit demer die ganze Zeit am spielen waa, ein Schubs. Datt sauste übbern runden Tisch direkt auf dä Rezzo vonne Blingrünen zu. Rezzo, zimmlich reaktionsschnell für sein Gewicht, kloppte mitte Faust drauf.

'O.K., abber dä Autofahrer daaf nich deshalb bevorzuucht werden, weil er benachteilicht is.' Dann holte er au sonn Auto ausse Tasche, sonn klein

Porsche und schoben rübber übbern Tisch. Abber sein Porsche kam inet Schlingern und raste in dem Schröder seine Kiste Havanna. ‚Hohoho!!' hamse da alle gelacht.

Eichel gab zu bedenken, datt, wenn gezz einer in Düssburch wohnt und halbtachs in Dortmund kellnert, er dä Lohn sich steuerfrei erfahren kann – vorausgesetzt die S-Bahn kommt. Dä Fall, hat dä Verkehrsminister abber versichert, dä trät nie ein. Dann hamset beschlossen und verkündet, und nu is der Busfahrer nich be- und der Autofahrer nich entlastet und alle sind vonne Politik bedient …

Glaubet mir, Mimi, ich komm nich mehr nach mittem Lewittenlesen. Datt is die unendliche Geschichte."

„O.k. Datt waa Punkt Zwei. Watt waa Punkt Eins? Und wo is Ruprecht? Verhaut er se gezz tüchtich?" fraach ich. „Ruprecht? Dä hat gesacht, er is die längste Zeit mein Knecht gewesen. Hat gleich inne Haupstadt sein Wohnsitz genommen, sich ne Bahncard gekauft und verkloppt gezz nur noch die in München."

„Wie?", sach ich, „fürn Ruprecht trifft datt doch alles nich zu, denn wer keine Einnahmen hat, dä zahlt au keine Steuern!"

„Ach, Mimi", sacht Nikkelaus da, … datt waa Punkt Eins."

FLIPPER

Wie hat mein Omma gesacht? Et geschehn immer wieder Zeichen und Wunder. Deswegen geb ich datt Warten au nich auf.

Und in Zeiten wie diese, da treibt datt Leben ja wirklich unglaubliche Blüten.

Vor Jahr und Tach hatte ich mich ma bei unsre Obberbürgermeisterin eingeladen, für Tässken Kaffee trinken und sie ma zu beschnuppern.

Wenn der Berch nich zum Propheten kommt …

Wie au immer: dä Kaffee waa gut. Eins unsrer Gesprächsthemen waa dammals, wie man datt als verantwortlichen Mensch denn wohl zu bewerten hätte, wenn inne Umfrage 63 % der Mädchen zwischen 16 und 20 Jahren Dolly Buster, Pornostar, als Vorbild nennen täten.

Datt stand nemmich dammals inne Zeitung und da war ich doch einigermaßen schockiert. Eigentlich wollte ich die Umfrage gaa nich glauben. Ein Pornostar als Vorbild für mehr als die Hälfte der jungen Frauen?! Ich hab dammals den Mangel an geeichnete Vorbildern mitverantwortlich gemacht für den Zustand der Welt. Wie gesacht: et is lang her.

Muß etwa in der Zeit gewesen sein, als die Obberbürgermeisterin die Patenschaft für ein vonne Delphine (bei mir au weiterhin mit ph) übbernommen hatte. Abber die Zeiten ändern sich und au außerhalb des Wahlkampfs is dä Zoo um Werbeträger verlegen. Da muß dann wohl datt Auge auf eine Brangsche gefallen sein, die (aus gutem Grund) selbs Werbeverbot hat: die Porno-Industrie. Und so kam datt, datt datt Delphinarium für die Öffentlichkeit gesperrt wurde,

um von Gina Wild (Pornostar) ma paa Fottos fürn
Klo-Kalender zu machen. Die Delphine solln ausge-
flippt sein vor Freude – so ließ man verlautbarn – watt
ich allerdings bezweifel.

Frau Wild, so gabet zu lesen, hat alle Hüllen
abgestreift, nix getragen außer ein Bauchnabelpiercing
mit Delphinanhänger – weil: zu einer Tätowierung
hattse sich nonnich entschließen können.

Und Frau Wild findet die Tiere „unheimlich süß".

Immerhin, sie nannte se nich Fische. Soweit, so nackt.

Sicher, ich weiß: Zex sells. Und ich weiß au, datt weder
Frau Obberbürgermeister noch ich mich für sonne
Bilder hergegeben hätte. Wer hängt schon gern
nakkich auffen Baustellenklo?

Ich schätz ma, inne nächste Umfrage wolln au schon
die 10jährigen Pornostar werden – weil man dann
mitte Delphine schwimmen darf.

Datt kannze den Kindern kaum noch ausreden.

Wie au immer: Für die wilde Gina waret datt erste
Mal. Sachte se.

Womit wohl dä Besuch im Zoo gemeint war odder
datt schwimmen mitte Flippers.

Watt mein Omma dazu gesacht hätt?

„Manchma is einma schon einma zuviel."

(Diese Kolumne hatte ein Nachspiel…)

BERUFSBERATUNG

Prüderie

Aus gegebenen Anlaß unterbrech ich ma hier datt normale Programm, um dem Jupp vom Schwalbenweech sein Leserbrief zu beantworten, weil: Datt is wichtich.

Dä Jupp hat in ein recht ausführlichen Leserbrief inne Zeitung quasi mein letztes Werk besprochen (mein Kommentar zum Pornostar im Zoo).

Und weil au noch Theo, ein verehrten Kollege, gesacht hat, er würd gern mich statt Frau Löffel mitten Marzel Leicht-Rabbatzich und mitten Helmut Kasaschock übber Zex streiten hörn, da will ich ma sagen, watt zu sagen is:

Mein lieben Jupp,
nu hass Du ja einen langen und offenen Brief geschrieben und da will ich Dir au ma ganz offen antworten.

Zuerst ma: Härzken schreibt man mit Ä, „Herzken", so wie Du datt geschriem hass, datt is halbhärzich. Abber datt nur am Rande und weil mir anne Rechtschreibung gelegen is.

Du fraachs mich, obbet mir vielleicht an weibliche Attribute mangelt und ich mich deshalb aufreech übber dä Pornostar im Delphinarium. Punktum: ob ich prüde sei.

Ich willet ma so sagen: Ein ausgewiesenen Experte für datt Glatteis, auf datt Du Dich da begipps, bisse ja grade nich. Du hass Dolly Buster mit Dolly Dollar verwechselt – du verwechsels womöchlich au Äppel und Birnen.

Du sachß, datte glaubß, datt 98 % aller Männer gern hinkucken täten, wenn ein Pornostar nakkich innett Wasser hüppt. Kumma Jupp, datt is doch keine Glaubensfrage! Datt is so. Datt bestreit ich gaa nich.

Ich halt bloß nix davon, datt 63 % aller Mädels zwischen 16 und 20 nakkich innen Nana-Brunnen von Frau Sankt Phalle springen um reich und berühmt zu werden – watt meinze, watt datt ein Auflauf gibt, wenn 98 % der Düssburger Männer sich alle unauffällich inne Fußgängerzone rumdrücken würden!

Da kriss Du nichma mehr nen Stehplatz!!

Watt gezz meine ganz persönlichen Kurven angeht, so liech ich dadrin ganz gut. Ich willet ma so sagen: 100 % aller Männer erkennen die Konfektionsgröße einer Frau au dann noch, wennse einen Kartoffelsack träächt.

Wozu soll ich mich also ausziehn?

TUTAN

Meinzeit, dä Zoo kommt übberhaupt nich mehr raus ausse Schlachzeilen! Hammse gelesen? Dä Orang-Utan mit den schönen Namen Tutan hat sich als zweiten Kostellani entpuppt und verzeichnet üppige Gewinne anne Börse.

Datt soll ungefähr so vor sich gehen: Dä Pfleger leecht ihm „Nemax-Bananen" vor. Jenachdem, ob Tutan die Banane wegschmeißt oder frißt, kauft odder verkauft dä Pfleger die entsprechenden Papiere. Wie au immer: Tutan soll 3 gestandene Bankenprofis geschlagen ham. So jedenfalls haddet inne Zeitung gestanden.

Obwohl ich ja nich find, datt datt ne Nachricht is, datte Affe sein muß, um auffen neuen Maakt mitzumischen.

Außerdem is Tutan ja ein Zoo-Affe, da wird er sich mit Dachse und Ibisse schon auskennen. Vermutlich will er abber aus datt desolate Gehege raus – da bleibt ihm nix als Spekkelieren. Ich denk ma, in jeden Fall war et besser, dä Affe zu fragen als Gina Wild, dä Pornostaa, dä kürzlich mitte Flippers schwimmen durfte.

Zwaa kennt die Frau sich mit Hochs aus, macht abber dä größte Reibbach mit freien Phall. Aber datt is eine andere Geschichte.

Jedenfalls hab ich die Sache ma zum Anlaß genommen, ein ernstes Gespräch mit meine Katzen zu führen. Lilli und Mimi. Lilli is eine Tunesierin aus Hammamet, vormals Hotelkatze vorm herbstlichen Abschuß, und Mimi, die mit einer Pfote kloppt, is Siamesin aus Dinslaken. „Kucktet Euch an", habbich gesacht, „kucktet Euch genau an – Börsentips im Affenhaus!! Und watt macht ihr? Freßt mir die Haare vom Kopp, kloppt die Blumen vonne Fensterbank, dreht dä Teppich um und klaut mir die Wurst vonne Stulle!" Dann habbich paa Büchsen aufgestellt: Fisskotz, Frissdudatt? Un Schepper. Und dä Wirtschaftsteil vonne Zeitung habbich dabbeigeleecht. Ich sach: „Biss Mittach habter Zeit, dann will ich Ergebnisse odder ihr kommt au innet Affenhaus." Dann bin ich ersma schnell raus – ich mußt so lachen. Wie ich nach ne Runde ummen Block zurückkomm und die Haustür aufmach, denk ich, ich trau meinen Augen nich: Durch datt ganze Haus, Trepp auf, Trepp ab, eine Riesenschlange aus Klopapier. Aussem Bad, durche Küche bis inne Dachkammer – meterweise, 6 x 200 Blatt, mit Kamilleduft, – 5,85 Maak, abgerollt. Hatte ich mir extra für besondere Anlässe gekauft, datt Duftdiseinerlokuspapier. Lilli war gerade dabbei Mimi aus einem Berg Vierlagig-Zerrupft herauszuschälen und murmelte watt von „Grabungen" und „Schatzsuche" und „datt bessere Geschäft" und Klein-Mimi lispelmaunzte (mit Ommas Perlen ummen Hals) „ich spiel die Mumie Klekatzpatra". Ma ehrlich – hätten Sie da noch ernst bleiben können? Als dann dä Katzenchor „wir brauchen keine Millionen, uns fehln nur Mäuse zum Glück" intonierte, da habbich lachend die Spielmäuskes ausgepackt, die ich eigentlich als Belohnung für Börsentips gekauft hatte. Lilli hat dann donnoch (aus reine Katzenfreundlichkeit) die allgemeine Kursentwicklung vorausgesagt: „Et geht alles inne Wicken. Sie sollten heute noch ein Gulaschbäumken pflanzen."

DEUTSCHLAND-AG

Watt für Zeiten. Wir ham keinen Ministerpräsendenten! Datt heißt, im Prinzipp ja, schon, abber: er fühlt sich nich so.

Eigentlich – so haddet im Regionalfernseh geheißen (und die sind immer bestens informiert), er selbs, also Herrn Clemmetz, hätt gesacht, dadder im Grund genommen, sich eher als Vorstandsvorsitzenden vonne Nordrhein-Westfalen AG sieht.

Sehnse – und datt wirft ja Fraagen auf. Datt verwirrt mich.

Datt ich von sonne Wahrnehmungsverzerrungen datt erste Ma gehört hab, datt waa dammals, anno 96 in Obberhausen. Da sachte einer vonne Spezial-demmekraten, datt man ja ma bedenken müsse, datt eine Stadt ja strenggenommen heute sowatt wien Großkonzern sei. Als Abbeitgeber gesehn, vonne Kosten her, insgesamt und übberhaupt – Millionen würden beweecht. Nur Umsatz – den würdense nich machen und die Spitzengehälter blieben, bedauerlicherweise, au hinter de Wirtschaft zurück. Und datt bei soviel Verantwortung!

Tja, und dann fingen die damals an alles umzukrempeln: Datt Rathaus wurde ohne Ämter und ausse Bürger „Kunden" gemacht, ausse bürokratischen Akte wurden „Produkte" und dann hamse angefangen, von alles, waddet so gab, Produktbeschreibungen anzufertigen und vor allem: Preise festzulegen. Und kaufmännische Buchführung sollt eingeführt werden. Weil datt eben jedes Geschäft hat: Kunden, Produkte, Buchhaltung, Umsatz, Gewinn, Bilanzen und – watt noch viel wichtiger is: Aufsichtsräte und Vorstände,

Geschäftsführer und Berater, all sowatt eben. Dann hamse angefangen dä gesamte Konzern neu zu gliedern: Anlagevermögen wurd verkloppt, ganze Geschäftszweige komplett „outgezorst", (z. B. die Müllabfuhr privatisiert) dann hamse sich neue Tätichkeitsfelder erschlossen (z. B. Wegelagerei) – die Stadt waa von da an nich mehr ein Gemeinwesen, sondern: ein Konzern.

Dä alte Obberbürgermeister, dä Stattvadder, trat ab und die Manager von heute hielten Einzuch: immer schön Sturmschritt inne Buxe, Lapptopp unterm Aam und Freisprechanlage im Öhrken. Und alle andern zogen nach, jeder wollt datt doch gezz. Nu also auch dä Clemmetz.

Nu habbich datt ma alles weitergedacht. Datt alles is doch sehr verwirrend. Die Frage is ja: wer sind gezz wir? Also die Bürger? Nache offizielle Deffenition sindwer Kunden. Abber, ein Kunde is ja Könich…

Nu will abber keiner von denen die Monarchie, außer er wird selbs gekrönt. Datt ham bis gezz abber nur Kaiser Franz von Bayern und Könich Kurt zu Sachsen geschafft – datt läßt sich beides schwerlich übbertragen.

Also, watt is gezz mit uns? Zwaa kaufen wir uns eine Dienstleistung, wennwer dä Personalausweis verlängern lassen, sind also Kunde, gleichzeitich sind wir abber Mehrheitsaktionäre. Jedenfalls aum Papier.

Da gehört uns datt ja alles, dä ganze Konzern Bundesreppeblik mit all seine Zweichstellen. Abber da gibt keiner watt drum, dä Gedanke kann ich also ruhich außer Acht lassen. Gut is in jeden Fall, dattwer nich angestellt sind – die hätten uns bestimmt längs entlassen. Abber ich komm einfach nich drauf, watt für eine Rolle uns denn gezz zugedacht is, in datt Spiel. Im Sandkasten waa datt alles immer so einfach mitte Rollenverteilung: Vatter, Mutter, Kind. Und dä Vatter hatte datt Sagen. Kein Kind hat jemals gesacht datt et lieber Aufsichtsratsvorsitzenden wär. Odder Vorstand.

Weil … Kaufmann, datt waa ein ganz anderes Spiel, dammals.

Und deswegen bin ich vermuttlich überhaupt nich richtich auffet Leben vorbereitet.

Dä Kanzler übbrigens au nich, denn er hat gesacht, er will Bundestrainer sein.

In Teilzeit. Am Wochenende.

Ob uns dann solange dä Kaiser regiert?

Nix is unmööchlich, dä Ball is eckich und datt Spiel dauert 4 Jahre.

PENG!

Wochenlang hab ich mich drumherumgedrückt, ich hatte et mir sogaa verboten, ich hab gedacht nä, Mimi – bei diesen Blödsinn machs du nich mit!

Gestern hab ich dann au keine andere Antwort auffe Welt mehr gehabt:

Ich hab mir dann doch datt Moorhuhn aussen Internetz na Hause geholt.

Kost nix, bei diese Hüsterienspiele daaf jeder mitmachen, ganz für lau.

Sie ham ja sicher au schonn viel davon gehört, abber ham kein Computer (ein normaler gesunder Mensch, der nich beruflich gezwungen wird, braucht nemmich gaa keinen) – und weil ich weiß, watt Neugier is, deswegen erzähl ich Ihnen datt gezz – dann könnense sich selbs ein Bild machen lassen:

Also, auffen Bildschirm is sonn bisken Landschaft: paa Bäume, links Landschaft mit Burch, rechts Landschaft mit Windmühle, inne Mitte Gebüsch pur. Und natürlich Himmel.

Und überall fliegen gezz so kleine Hühnkes, Moorhühnkes eben, und die kammann dann mitte Maus erschießen.

Mitte Zeigefingertaste drückt man ab (wie in wirklichen Leben) und wenn datt Magazin nach 10 Schuß leer is, dann lädt man mitten Mittelfinger nach.

Datt is alles, watt man wissen muß.

Für kleine tote Hühnkes gibbet 25 Punkte, für Mittelgroße Hühnkes 10 und die, die leicht zu treffen sind, da gibbet nur Fümf Punkte für. Ja und dann kann die Ballerei au schon losgehen.

Bangbangbang – fällt datt Huhn als gebratene Taube vom Himmel. Man daaf allerdings nich aus Versehen eins vonne Fluchzeuge oder ein vonne Fessel- Ballons abschießen – datt gibt 25 Punkte Abzuch. Wohingegen et 25 Punkte extra gibt, wenne die Windmühlenflügel runnerknalls odder der Vogelscheuche dä Hut vom Kopp schießt. Nix gibbet für Schießen aus Spaß: so kannze zum Beispiel au auf ein Straßenschild schießen oder Härzkes innen Baum. Wie Sie merken, habbich bereits alles gemacht: außer gezz Moorhühner umgenietet.

Nache ersten Drei mocht ich nich mehr. Se taten mir leid. Seit diesen bestialischen Tötungsakt hör ich mir datt Vogelgezwitscher an und schießen tu ich nur gelegentlich auf datt Fluchzeuch, weil mir datt die Idülle stört, mit dieses Geknatter. Und et sitzt ja keiner drin. Überhaupt macht datt ganze Geballere einen infernalischen Lärm.

Abber wenn die Vögelkes so zwitschern, die Landschaft liecht so schön da, die Moorhühnkes flattern übber de Wiese und ab und an kommt geräuschlos ein Heißluftballon vorbeigeflogen – dann isset wirklich sehrsehrschön inne firtuelle Welt. Allerdings kammann dattselbe au draussen inne Natur haben. Und wenne dann dein Mäusken mit dabbei hass und et ab und an ma drücks, da weiße warum datt Leben so schön is. In echt gezz.

Noch ein Eigentor

Meinzeit, watt ein Späßken!!!
Ich kann mein Omma förmlich hören, wie se lacht:
„Wer andern eine Grube gräbt …" Klaatsch! Sindse
alle reingefallen, in ihre Grube, unsere Unverantwortlichen. Datt kommt davon!
Sie wissen ja, datt ich schon seit Jaahrn am frotzeln
waa, von wegen, dattse wegen akuten Geldmangel
inne übberversoorchte Taschen irgenswann die Münzlaterne einführn werden. Tja, und dann hamse hier bei
uns daheim, zu Haus, in unserm Städtken tatsächlich
schomma die Straßen-Laternen verkauft. Dä erste
Schritt inne globale Dunkelheit.
In so eine Aat Seil- und Liesbäck-Verfahrn wurde die
gemeine Düssburger Laterne verhöckert und zurück-
gemietet – watt ja im Grund genommen schonn sonne
Aat „Münzlaterne light" is – nur datte noch kein
Kleingeld brauchß, sondern datt datt ersma auffe
unterschiedlichsten Wege kassiert wird, in eine Aaat
von … sagenwer ma … schleichendes Umlageverfahrn.
Womit aber gezz gaa nich zu rechnen waa (aus ein
politisches Hirn heraus) is, datt die, die datt beschlossen ham, eher annet bezahlen kommen als wir, die
Bürger. Kleine Panne. Weil: Datt politische Baumeln
anne Laterne im Wahlkampf is gezz nich mehr
umsons! Von wegen Hängen für lau! Aus, vorbei.
Gezz muß bezahlt werden – 5 Groschen pro Lattateng.
Nein, wie schön!!
Also die einzichsten Zahlen, die ich bisher rausgekricht
hab, datt sind die vonne FreienDekadenten: 1.000 mal
sollnse sich anne verkloppte Laternen gehängt ham,
wahlplakkatief un hoch. Macht pro Tach 500 Maak,

die nu gelatzt werden müssen für sich zu reklamieren. Und datt is schon ein Sonderpreis, sacht der neue Laterneninhaber. Herrlich! Ein so schönes Eigentor bringt nichma der MSV zu Stande. Sagenwer ma ... ein Monat, – datt macht Fuffzehntausend Maak!!!! Höhhöh! Vielleicht hört ja datt wilde Plakatieren gezz auf! Man kommt sich ja langsam sobbiso vor wie auffen Jaahmarkt. Kein Baum, keine Laterne, keine Litfaßsäule und keine Plakatwand, wo einen nich irgendeiner mit seine Unwissenheit belächelt.

Wobei, ehrlichgesacht – ich mach mir da keine Illusionen. Eher kommt die Münzlaterne 1 Jaah früher, als datt die selbs watt zahlen. Irgenswatt werden die hinter de Kulissen schon am kungeln sein.

Und wennse sich die Wahlkampfentschädigung erhöhen – irgenteine Pulle wird et schon geben, aus der man nen heftigen Schluck nehmen kann.

Abber datt zukucken, bei dieses Eigentor – datt waa wunderwunderschön.

Klaar, datt wird datt erste Ma inne Fußballgeschichte sein, wo ein Eigentor anneliert wird. Denn datt in dä Selbsbedienungsladen ma datt Licht ausgeht, da is leider nich mehr mit zu rechnen.

TEAM TOMATE

Ich träum ja immer so lebhaft. Grad bei Vollmond. Komm ich au nich mit Baldrian gegen an. Ich mein, wie willze da au abschalten: Wodä gehs und stehs kuckense Dich ja an, unsere Unverantwortlichen. Dä Kanzler auf jede Titelseite, dä Spaarminister in jede Talgschau und Joschka, der Wendige, joggt au immer durchet Bild. Im Innenteil vonne Zeitungen kommdet dann noch dicker.

Irgendwann – aber da sei Gott vor – schlach ich die Bettdecke um, und da sind denen ihre Konterfeis auf meine Koppkissen. Wie au immer: datt verfolcht mich selbs im Schlaf. Vorgestern zum Beispiel lief eine meiner Lieblingssendungen in mein Traumsehn. Kochduell. Da standense alle aum Maaktplatz: Lafontaine (Sie erinnern sich? Dä Napoleon, dä im Saarland inne Verbannung sitzt) mit ne rote Schürze an, für datt Team Paprika und Helmut Kohl mit weiße Weste, Bäsballkappe verkehrterum auf, für datt Team Tomate. Au mit mit dabbei – außer Konkerrenz – noch besaachten grünen Marathonmän vonne BlindGrünen. Kohl hatte zwaa als Zutaten nur Mehl und Wasser, konnte abber – quasi aussen Koffer – dä Etaa noch um ein Ei und Semmelbrösel aufpeppen und kredenzte dann falschen Hasen. Lafontaine kreiiert aus dem Nix ein Gericht mit dem schönen Namen: Kuckucksei in rotem Nestchen an Blubbspinat. Dä vonne Blindgrünen hantierte mitte unterschiedlichsten Pfannen und präsentierte dann die Gaatzweiler-Platte: Steak XEL an Genmais, mit Pasta Verde – watt Zank gab bei den eigenen Anhängern – datt waa mit Lebensmittelfaabe gefärbt.

Wie au immer: ich dachte schon, Mensch Mimi, hoffentlich bisse nich inne Jury und muß datt noch auslöffeln – da traf der Kanzler ein. Ers hadder bisken rumgenöhlt, weilse seine Zigarren vergessen hatten, dann, als er die gedeckten Tische gesehn hatt da wurder schon widder bisken ruhiger. Hat ma hier gelächelt, und ma da, und dann hadder gesacht, datt datt alles Spaß macht. Regiern macht Spaß, Umzuch macht Spaß, Kochen macht Spaß …

Ich dacht noch so „na, dem macht scheins alles Spaß", als die ersten Qualmwolken aussen Backofen kamen, wo Kohl sein Etappenhase langsam Feuer fing. Oskar sein Gericht waa staark verköchelt, und die Gaatz-weiler-Platte sobbiso von Anfang an ungenießbar gewesen. Aber dä Kanzler hat sich nich irretieren lassen, hat gelächelt, ma von Kohl sein Hase gekostet und alle getröstet. „Wichtich is", hadder gesacht, „wichtich is, watt hinten raus kommt." Davon bin ich dann schweißgebadet aufgeschreckt. Watt ein Machtwort! Und ich war froh, datt datt alles nur ein Traum war – und ich nich inne Jury.

Wie gesacht: Datt war vorgestern. Gestern Nacht war et dann schon bedeutend ruhiger in mein Traum. Ich stand ganz allein in eine riesige Halle und innendrin lauter Umzugskisten mit der Aufschrift „Happy End." Wie gesacht, der Traum war eher langweilig. Watt drin war inne Katongs wollense wissen? Papier. Jede Menge Rollen Papier. Alle 200 Blatt und vierlagig.

Für alles, watt hinten rauskommt.

Ein unterm Pony

Datt Niwo is nich mehr zu senken, da geht nix mehr drunter.

Da schreibt man sich die Finger wund, Jahr für Jahr, und dann sowatt. Wenn ich gewußt hätte, mit wie wenich Humor man durchet Leben kommt – ich hätt mir doch sonne Mühe nich geben müssen. Watt für Hochkultur, watt für Fragen in eine steetich sich wandelnde Welt: „Wadde hadde du denn da?" Auf sonne Frage sach ma watt. Seitdem Stoiber dä Orden wider dä tierische Ernst verliehn bekommen hat, kenn ich die Antwort.

Ich mein, wenne sonn Orden quasi als Medikament betrachteß, dann haddern verdient. Weil … ihm is ja dä Humor verreckt. Hadder gesacht. Glaub ich ihm aufs Wort – wenn sonn Mann Witze macht, stirbt jedes Lachen.

Meinzeit, datt waa die miserabelste Rede, die ich in mein ganzes Leben gehört hab, dammals, bei de Ordensverleihung.

Wieso nich ich, habbich mich gefraacht? Wieso krich ich eigentlich nie sowatt? Wieso sitz ich inne zugige Dachkammer und muss die lustigsten Geschichten am Monatsletzten für mein Vermieter schreiben? Wieso liest Marcel Leicht-Radezzki nich die Bild odder dä Wochen-Anzeiger? Oder Kasaschock? Warum wird mein Humor nich entdeckt? Den muß man nichma suchen!

So waa datt dammals. Und weilet Sonntachnacht waa – und dä Tach dammit sobbiso gelaufen, habbich dann dem Leben mutich in Gesicht gekuckt und die Post vonne letzte Woche geöffnet. Dadde wadde ich so

117

krich, sind öfter ma Binnen-Briefe (zahlen sie binnen drei Tagen) und Haushaltskonsolidierungspapiere (Knöllekes) un datt kann ich mir nich alle Tage zumuten, die Nerven, Sie verstehn? Und wissense watt dammals inne Post war? Ich hab ein Tänzchen aufgeführt inne Küche, mitten inne Nacht und dann habbich dä Korken vonne Mineralwasserflasche knallen lassen und Mamma angerufen: „Hasse ein unterm Pony? Weiße wie spät datt is?"

Et gibt Tage (und Nächte) im Leben, da spielt Zeit keine Rolle.

Ich konnt nich anners, ich mußte meine Freude teilen. „Mamma, ... wadde-meinzen-du-waddich-nu-hab? Dadabbedudabbedeidadadadieda Ich hab einen einen lalalalilalalulalalalaleila: Verleger. Sumdiedeldei.

Du kannz die Schere beiseite legen, den Kleber auße Hand, nie widder Zeitungsschnibbeln und Albums kleben: Ich bin gezz Mimi, dein Tochter, mit Verleger, Lektor un Buch! Ich bin quasi schwanger, demnäxt is Erscheinung!" Ich willet ma so sagen: Mein Mama is ein Mensch, der Freuden zu teilen weiß, außer gezz moins um 1.

Da teilte Mamma ihr Leid. „Mit Lektor sachße? Dä Mann kann mir leid tun." Sprachs und legte auf.

(Die richtige Antwort auf die Frage „Wadde hadde Du denn da?" lautet übrigens „Meise unterm Pony". Raab hin, Raab her.)

Plenty Forty

Watt für ein schöner Tach, die Sonne lacht, man kricht ne Ahnung von Frühling und ich übberleech, ob ich nich au scheibchenweise mitte Wahrheit rübberkomm, beim Layout für die jährliche Steuererklärung. Abber datt lohnt eigentlich ja nich, als Dachkammerpoetin gibbet nix, watt ich nich au im Ganzen sagen könnte.

Wenne kein Geld hass, da stehße immer auffe Verliererseite, nie kammann ma mitmachen bei all die schönen Spielkes, beim Verschweigen, beim Wechlügen. Außer gezz watt datt Alter angeht … ja, datt könnt ich … andrerseits … Wie datt so is, ab ein bestimmtes Alter: man übberleecht ja doch, ob man nich einfach widder rückwärts zählen soll.

Abber die Tour, die hamse mir ja au vermasselt. Da les ich inne Zeitung, datt ich zwei Jahre älter bin, als diesen Brutalsten von alle Aufklärer wo gibt und je gegeben hat. Ährlich gezz: 2 Jahre. Ich. Älter. Da macht datt doch gaa keinen Spaß watt wechzulügen – datt glaubt mir doch gezz schon keiner. Ich tu abber au watt: Ich nimm schon Plenty für übber Forty, ich eß nix mehr, wo nich au paa Konservierungsstoffe drin sind und alle zwei Tage mach ich „Erdbeermaske mit AHA". Fragense mich gezz nich, watt AHA is, übber 40 kamman ersma alles gebrauchen. Gezz fraach ich mich ja, ob man, wemmann viel lüücht, nich nur viel behalten muß, sondern au vorzeitich altert? Wie könnt der Mann sons so aussehn? Ich mein, also kuckense ma: sonne Fännemeene gibbet ja z. B. kurze Beine odder lange Nasen. Ich sach nur: Pinocchio. Abber datt is waahscheinlich heute schon dä Name vonne Stiftung. Wie kam ich gezz dadrauf? Ach so, weil datt so ein herrlicher Tach is und weil ich da sowatt von froh drübber bin, datt ich nich so alt ausseh.

Und wenn dann doch watt dran is, anne Sache mitte kurzen Beine und die langen Nasen, dann werdenwer demnäxt bestimmt öfter watt zu lachen kriegen. Märchenhaft schön fänd ichet auch, wenn tatsächlich ma alle sichtbar auf ihre Sessel festkleben täten.

Stellense sich datt Bild ma vor: mit kurze Beinkes, lange Nase und Schemel am Pöppes inne Schweiz aum Paakplatz…

Wer weiß, vielleicht könntenwer auffe Bestuhlung im Pallament eines Tachs verzichten.

Abber bis dahin, während den ein odder anderen sein Alterungsprozeß au weiter rasante Verläufe annimmt, werd ich weiter watt gegen die Falten tun müssen – mit: Plenty-Forty, Mama Müllers Augentrost – und immer schön viel „AHA" dabbei. Für Letzteres brauch ich allerdings nich mehr im Dromaakt.

Ich komm au so aussen Staunen nich raus.

Sponsoren

„Sachma", sacht Schmizzens Hannes, „sachma Mimi, verstehß Du datt, mit diese Sponsoren? Und verstehß Du datt, mitte Bestechung, die wo keine is, obwohl irgenswie alle hatten, wattse wollten?

Is datt nich wie ne Belohnung, wenne hinterher Geld kriss?

Und samma, kannze mir datt ma erklärn, wieso die sich alles so schlecht erinnern können? Samma glaubß Du datt alles?"

Hannes ginget umme verschwundenen Akten im Kanzleramt, um Eisenbahnwohnungen un Panzer… und watt weiß ich nich alles.

„Hauhauhau", sach ich, „Hannes datt sind ja Fragen! Drei in Ein, wo soll ich gezz anfangen? Also ersma, dä Unterschied zwischen eine Bestechung und ein Sponsoring is, datte bestochen wirß vorher und gesponsert danach. Wenne gesponsert wirß, krisse mehr, weil, dann trächße als Gesponserten ja ein erhöhtes Risiko: stell dir ma vor, dä Sponsor hat wadder will, zahlt abber nich!

Inne Realität kommt datt abber so gut wie nich vor. Dä Sponsor is nemmich ein mit alle Abwasser gewaschenen Geschäftsmann und zahlt.

Und zwaa mit nich registrierte größere Scheine (Schwazzgeld), die er dann in Köfferkes packt. Und diese Köfferkes, die gehen dann auf reisen. ʼTaler, Taler, Du muß wandern, von ein Paakplatz zu den Andern… einma hin – einma her – rundherum, begehrß Du mehr?ʼ Landschaftspflege, sacht man dafür.

Und kuck ma, natürlich kann sich an so einen Vorgang dann im einzelnen keiner mehr erinnern – weil datt viele Köfferkes sind … und viele Abendessen. Erinnern kannze dich vermuttlich nur an die rabenschwaazen Tage, wode ohne Köfferken nach Haus fuhrs.

Doch Hannes, datt glaub ich schon, datt man da ma durchenanner kommen kann.

Dann musse dir die ganzen Stiftungsnamen merken und Nummernkonten… au da kommße irgenswann durchenanner. Watt meinze, watte da für ein Übberblick brauchß, bei den Geldkreislauf. Letztens hatt Kiep noch ne Mille unterm Sofa gefunden. Doch Hannes, datt is datt Einzige watt ich glaub: Datt die sich nich an jeden Koffer erinnern. Ein Schrankkoffer wär übbersichtlicher gewesen als hundert Aktentaschen. Die hatten ihre logistischen Probleme nich gelöst."

So sach ich. Wobei mir bewußt wurd, daddet au dafür ne Belohnung gab. Kuckense ma … die ham doch gesammelt wie die Wilden …

ᚠssstttt

„Na, mein Kind", sacht Mamma, „diesma wirße wohl empörte Briefe vonne Spezialdemmekraten kriegen, gezz, wode denen ihrn verehrten Herrn Schröder ein inne Hakken gekloppt hass. Sachma, läßt du eigentlich nix aus? Muße dich eigentlich mit jeden anlegen? Lernße denn nie watt?" Datt war ne Anspielung. Sie müssen nemmich wissen, datt ich mir au in meine Heimatstadt Obberhausen jede Menge kommenalpollitische Freunde gemacht hab und paateiübbergreifend sonne Art „Persona non Grappa" bin. Soweit die Vorgeschichte für meine Mamma ihre sorgenvolle Mine und ihre Frage nach meine Lernfähichkeit. Ich sach: „Kuck ma Mamma, watt kann ich denn dafür, datt ich datt immer bin, die datt ausspricht? Und irgendeinen trittse dann immer auffe Schläppkes."
„Abber au unter Andersgläubigen gibbet Gerechte", gibt Mamma zu bedenken. „Jau", sach ich, „abber dä Schröder gehört da nich bei!!! Hasse doch gehört, Sonntach, gezz redeter nich mehr von Soziale Gerechtichkeit, sondern von Soziale Zumutbaakeit. Watt er meint is, datt datt Lamm nich sofort geschlachtet wird – die Kottletts werden einzeln amputiert. Da is gelogen worden vor de Wahl, datt sich die Balken biegen, da wird die abgegebene Stimme wie ein Blankoscheck behandelt, da gibt er in London mit sein Humbuch-Papier die neuesten Marschrichtungen bekannt, dä Kleinkaiser, und inne eigene Paatei, anne Basis, da weiß kein Mensch watt davon, nu gehense anne Rente und nehmen wo se können extra. Un widder von denen die sobbiso schon geplündert sind bis aufet Hemd. Abber Vermögensteuer, die zahlt hier

keiner. Dä Körperschaftssteuersatz, dä Spitzensteuersatz gesenkt. Sachma wofür denn? Den zahlt doch sobbiso keiner! Mercedes macht seit Jahren Milliardengewinne und zahlt nich eine müde Mark – datt kann denen doch egal sein, wie hoch der Steuersatz is, dense nich zahlen.

Unserein hat nichmamehr die Hälfte von sein Gehalt inne Lohntüte und watt dir dann noch bleibt, da zahlße Öko-, Mehrwert,- Versicherungs- und Mineral- und sonstige Steuer und die tausend und abertausend Extra-Gebühren: Müllabfuhr, Gartenabfallgebühr, Regensteuer, Parkplatznutzungsgebühr und, und, und. Mich packt die kalte Wut, wenn ich anfang dadrübber nachzudenken.

Und die Fürstliche Union? Glaubße denn ehrlich, da wäret anders gekommen? Nur anders verpackt. So, datte nich gleich merks, watt los is und dich langsam anne Schmerzen gewöhns. Und über die Grünen – Mamma, laß uns nich drübber reden, sons seh ich rot. Und ich soll nich sagen, watt hier schon lang jeder denkt, nur keiner laut ausspricht? Des Kanzlers neuer Kaschmir?"

Nach diese grandiose Rede mußte ich ersma längere Zeit Luft schnappen, ich hatte mich richtich in Raasche geredet und gezz ging mir die Puste aus. Mamma sprachlos. Mamma auch bisken blaß. Abber dann hattse sich gefangen und schallend gelacht. „Kind", sachtse, „gut datt datt gezz keiner gehört hat, aber unter uns: schreibße mir datt ma auf?" Watt soll ich sagen – für die beste Mutter der Welt tu ich doch alles. Also Mamma: hier isset. Mit nem dicken Küssken.

Shakespeare und ich

Wie Sie ja wissen, habbich mich vor einiger Zeit dadran gemacht, mir diesen Internetz ma genauer zu bekucken, also diese firtuelle Welt, wose alle von quasseln, als sei datt dä Nabel von alles. Watt mich angeht: ich halt datt eher für Blähungen, heiße Luft, wennse verstehn watt ich mein. Meteorismus, wie dä Mediziner sacht. Wie au immer: datt wird einem ja unentweecht erzählt, datt, wenne dich nich inne firtuelle Welt auskennß, für Dich inne reale Welt au datt letzte Stündlein quasi schon geschlagen hat. Und wenn einem datt Jan un Jupp sagen, un Schröder un Konsorten au – dann is man ja allzuleicht geneicht, datt irgenswann zu glauben. Weil Märchen ja in Vergessenheit geraten sind. Wer weiß heut nowatt von des Kaisers Neue Kleider? Sehnse – und auf dä Leim wär ich au fast gegangen. Nu hatte mich also die halbe Welt schon davon übberzeucht, datt ich – falls ich nich für den Rest meines Lebens am Hungertuch nagen möchte – besser mir ein firtuelles Zuhause zuleech. Hompeitsch, wie dä Expärte sacht. Für datt dich dann da au einer findet, in diesen luftleeren Raum, brauchße ne Adresse. Tja – datt waa dann die erste Übberraschung: mich gabet schon. Nu sollte ich klagen, sachten die Expärten, aber den Tatbestand der firtuellen Freiheitsberaubung gibbet nich und alles andere waa mir zu teuer. Habbich gedacht, watt sollet, behalt dä Humor. Meine Adresse gezz lautet: freemimi.de (hier kein Punkt, weil: computer). (hier ja, weil:Satzende). Damit waa schomma meine firtuelle Obdachlosichkeit beendet. Abber, watt soll ich sagen: et kommt noch viel schlimmer. In dieses Internetz, da hat nemmich

Willem Schäksbier MEIN Buch geschrieben. Und datt kann ich keinem ausreden. Nichma mit Hinweisen dadrauf, datt dä schon seit Hunderte von Jahren tot is und et allein deshalb gaa nich gewesen sein kann. Tote schreiben nich. Nix, heißtet, nach alle vorliegenden Informationen sei Shakespeare der Autor. Rücksprachen bei Lieferanten und Barsortiementierern hätten datt zweifelsfrei ergeben. Nach tagelangen Versuchen mit ALLE zur Verfügung stehenden Kommenikationsmittel, firteelle und normale, die Irrungen und Wirrungen ausse Welt zu bringen, habbich gezz aufgegeben und hingeschrieben: „Was ihr wollt". Ich mein, unterm Strich gezz, ma ährlich: kann einem watt Besseres passiern, als wenn datt eigene Werk Shakespeare zugeschrieben wird? Und Sie und ich – wir wissen ohnehin Bescheid. Gezz muß der Mann sich also nur noch am Neuen Maakt durchsetzen. Wird er auch – vorausgesetzt, er is im Internetz präsent, hat eine Hausseite und eine Adresse. Fallset nich dafür längs zu spät is: Vonne lustigen Weiber und Windsor bis Othello is alles besetzt. Wenn nich, könnwer nur hoffen, datt nich alle Bibliotheken schließen.

Und sagense mir gezz bitte nich, der Mann sei tot. Datt streitet seit Tagen jeder ab. Und am Ende, da ham ja au alle Recht: so ein Genie, datt stirbt nich. Nich wirklich. Romeo und Julia für den Ruhrpott – Sein oder mein? Datt is keine Frage. S'ist edler im Gemüt datt Internetz humorich zu erdulden, als sich in bittrem Widerstande zu verschwenden.

Kleine Brötchen

Kulturfestivals, Kunst ohne Ende und am laufenden Band und natürlich (boohhäh, fast hätt ich datt gezz alles in Hochdeutsch geschriem) natürlich widder die Frage: „Und datt is gezz Kunst?" Anläßlich sonner Anlässe kommt diese Frage ja immer, ich daaf ma nur an datt Citrönken vonnen Jupp Beuys erinnern, datt die Frau Stadtentwickellungsministerin, unser aller Ilse, gekauft hat. Ich weiß, datt sie da nix von halten. Grad bein Jupp hört man datt ja immer widder: datt is keine Kunst. Abber Jupp hat ja au gesacht, datter erstens ausse Kunst austritt und zweitens solang nich Künstler genannt werden will, wie nich jeder Mensch ein Künstler is. Überhaupt: Der Jupp hat ja viel gedacht und datt Denken hat ihm ja dieselben Fragen stellen lassen, die viele stellen. Watt is datt eigentlich: die Kunst? Und kommwer mit unsern Begriff davon weiter? Watt kann Kunst leisten und – watt muß se?

Jedenfalls, wennse se sich datt heute ankucken, dann könnt man ja ersma die Vermuttung beiseite lassen, dadder überhaupt denkt, der Künstler. Letztens les ich in sonne Beschreibung, sonn Künschtlerpoträä. Da standet dann zu lesen: Die Künstlerin beweecht sich völlig normaal in ihrn Alltach, bis sie von eine Inschpirazion, praktisch bein Bummel auffe Kö, getroffen wird. Dann begibt se sich unverzüchlich an-ne Palette, wo se sich diesen Rausch hingibt. Dann fängtse datt Pinseln an un zuers, da weiß se noch gaa nich, waddet werden soll, nich watt für Faaben, nich watt für ne Form, nix is klaa, gaa nix. Am Ende is dann eine Sümfonie in Sack un Asch dabbei rausgekommen, wo links unten inne Ecke ein Stücksken Kupfer mitte

128

Jahre Grünspan ansetzen wird: ein Zeichen vonne steetich sich wandelnde Struktur. Besonders augenfällich is dabbei die Pinselführung, die „kraftvoll dem reichen Innenleben der Künstlerin Ausdruck verleit."

Ma ährlich: datt könnte sich jetz keiner in irgendein Beruf erlauben, rumzubummeln, dann watt anzufangen, un nich zu wissen, watt dabbei rauskommen soll. Ich seh so den Bäcker inne Backstube und datt Schild innet Fenster: Der Meister waatet auf eine Inschpirazion, Brötkes ers gegen Mittach. Und am Mittach, da lieecht dann da watt inne Auslage, klein Preisschild dran: „Kleines Brötchen in Leinsamen, 15,80 DM."

„Der Meister dachte an Helgoland" is dann inne „Bäckerblume" zu lesen, „morgens um Zehn kam die Eingebung." Sehnse und deswegen is der Versuch, sich der Kunst denkend zu nähern, heute von vornherein meist zum Scheitern verurteilt. Wenn die Muse küßt, setzt offenbah der Verstand aus.

Aber da, wo Kunst die Seele berührt, da is jedes Wort übberflüßich. Da gibbet keinen Unterschied mehr zwischen Herz un Verstand. Watt Kunst is, datt entscheidet sich anne Seele. Und obet vermag, sie zu heilen. Und in diesen Sinne wirdet au übber die Festivals hinaus Kunst geben – in Hülle und Fülle.

Beihilfe

Da will ich ma nich so sein ... man hilft ja wo man kann.

Ich weise Sie gezz also ma dadrauf hin, dattat inne Düssburger Innenstadt ausreichend Paakplätze zu akzeptablen Preisen gibt. Weil, so sacht unsern Zittimänätscher – da fehldet noch anne notwendige Öffentlichkeitsaabeit, dadrauf verstärkt hinzuweisen. Datt habbich gezz hiermit getan, nochma: Et gibt ausreichend Paakplätze zu attraktiefe Preise. Datt waa gezz quasi die Öffentlichkeitsabbeit, fehlt noch dä Kommentar. Au da laßichmichnich lumpen – wie gesacht, wennet hilft ...

Die Sache is ja die, dattwer widder ma ne Untersuchung hatten. Datt Rhein-Ruhr-Institut für Sozialforschung und Politikberatung (watt datt gezz widder im Klaatext heißen mach?) hat eine Umfrage vonnet Zitti-Mänätschment ausgewertet, wo 1.300 Bürger bei ihrn Bummel zur Innenstadt befraacht wurden. 70 % finden die Innenstadt gut. Gezz kann man ja über Sinn un Zweck von sonne Umfrage kaum noch innet Grübeln geraten. Ich will ma so sagen: Wer die Innenstadt nich gut findet, der wird ga nich auf ihr gebummelt haben, folglich hätt ich diesen Teil vonnet Ergebniss quasi vorhersagen können.

Noch phantastischer als die Umfrage an sich, fand ich aber diese genialen Schlußfolgerungen, diewo Mänätscher Joppa dann gezogen hat. Sowatt hasse nonich erlebt. Ein ander Ergebnis war, datt außergewöhnlich viele mippem Auto inne Stadt warn. Die haben angegeben, dattse mitte Busse nich so gut zurechtkommen. So, und gezz aufgepaßt: Datt, so sacht diesen

Herrn, hieße abber, dattet offenbar genuch Paakplätze zu akzeptable Preisen gibt. Sehnse, datt nenn ich ein gewieften Verkäufer, kein Vertreter häddet anne Haustür besser machen können. Ein guten Kompfrongsjee gibt sich seine Stichwörter selbs. Ich hätt mich fast am Kaffee verschluckt.

Also ich waa nich dabbei, bei de Befraachten, abber datt kann ich trotzdem nich zulassen, datt eim datt Wort im Mund verdreht wird. Oder schlimmer. Datt stell sich einer vor: Du sachs, du komms mitten Auto, weil die Busse Kappes sind, un am nächsten Tach steht inne Zeitung: Et gibt ausreichend und günstige Paakplätze. Mein lieben Herrn Zitti-Agent, daaf ich Sie ma kurz dadrauf hinweisen, datt Sie Mänätscher sind? Sie verkloppen hier nix anne Haustür, selbst mich nich für doof, und datt is einfach unmöchlich, einen gestandenen Düssburger mit sonne Taschenspielertricks auffet Kreuz legen zu wollen. Wir merken datt. Un watt eine echten Ruhrpöttler is, dä nimmdet nich krumm, stellt sich abber ma eben widder richtich: Wir finden die Paakplätze nich attraktiv un preiswert. Wir Bürger finden, datt datt nahezu mittelalterlich is: Wegelagerei. Wir fühln uns abgezockt un ausgeplündert. Auch inne hinterletzte Ecke müssenwer noch abdrücken un hinter jeden Baum waatet schon einer drauf, dattwer die Paakzeit au nur um Sekunden überschreiten. Eins stimmt allerdings: Wir lieben unsere Innenstadt. Wir liebten sie noch mehr, würd die Freude nich schon anne erste Paakuhr getrübt.

Eindrücke

Watt meinze eigentlich Mimi, sacht Delia, watt meinze, watt die Leut übber uns denken? Ich sach, watt se ehm so denken, wennse dä Gaaten sehn.

Meinze die halten uns für verrückt? fraacht er.

Ich sach, na klaa, aber irgenswie lekker verrückt.

Wie meinze datt? is delia ma bohren.

Ich sach kuck ma, wenn die gezz da drüben – und dann habbich auffe Nachbaan vonne andere Straßenseite gezeicht, wenn die gezz vorne in ihrn Vorgarten datt buddeln und basteln anfangen: datt glaubße doch wohl, datt wir datt mitkriegen.

Sie müssen wissen, datt wir im Prinzip dauernd an Fenster hängen, nich hinterde Gaadinen oder so, sondern richtich. Und da kuckenwer immer widder, watt sich so verändert, wer watt für Gaadinen hat, wer so dämlich paakt, sowatt eben, watt man so kuckt, wenn man neugierich is. Weil, datt macht hier jeder. Datt war schon bei meine Geburt so. Und inne alte Viertel, da is datt heute noch Tradettion, Lirich is ein sehr altes Viertel und ich bin da geborn.

Ich sach so: Und wennwer dann zwei nette Jungs sehn würden, die da sowatt machen wie wir, datt glaubße doch, datt ich ahms, auffen Weech inn Ulmeneck, ma übber datt Mäuerken kucken würd. Sach bloß nich, du wärs nich schon längs da rübber gegangen,

Klaa, sacht Delia, sicher. So sach ich – und du glaubs, die hätten hier nich schon allemal dä Kopp übbern Zaun gesteckt? Sicher ham die datt, da kannze Gift drauf nehmen.

Und sacht Delia, und watt denkße, datt die denken?

Ich sach, ich weiß datt nich. Ich denk, datt die denken,

datt wir irgenswie schräch sind, abber schön schräch eben. Wie meinße datt bloß, sachtse, denkße nich, datt die sich lustich machen übber uns? Ich sach Deli, watt würdes du denn denken?

Datt wir lustich sein müssen, sachtse, weil sowatt kann keiner machen, der humorlos is.

Ich sach, und die, die für Lachen im Keller gehn, denk ma watt die staunen werden, wenn unsern Traum vom Blühen anfängt. Stell dir datt ma vor, wenn wir so weiter machen, wie datt dann in ein paa Jahre aussieht, dä Rosenbogen un Knötterich, ich sach, datt wird ein verwunschenes Paradies.

Und wenn dann noch datt Appelbäumchen sein rot Äppelken trächt…

und die Bank in Oppa Lindner grün gestrichen is, schwärmt Delia, und wir prosten uns mit ein Glas Schianti zu.

Dann… dann werdense uns beneiden dadrum, sach ich.

Wenn wir so weitermachen dann…

ist datt ein Traum, seufzt Delia,

Hauptsach, die holn uns bis dahin nich ab.

ZWERGENNOTSTAND

Sie kennen ja meine Gaatenzwerge – Ihnen brauch ich nix mehr zu erkläärn.

Die meisten Menschen sind ja eher skeptisch (nix gehört, nix gesehn und nix gesprochen) – watt ich ja auch verstehn kann: Wer gibt denn heutzetage noch zu, dadder Umgang mit Gaatenzwerge pfleecht? Man läßt sich ja nich gern fragen, ob man zu lang inne Sonne gesessen hat. Die menschliche Welt heutzetage is eine Welt ohne Wunder, da is au kein Platz für Zwerge.

Und so is im Laufe der letzten Jahre mein klein Gärtken auffe Nordseite zu einem Zufluchtsort für Zwerge aller Art geworden. Odder sagenwer: waa geworden, denn mittlerweile hamse au zwei Meter Südseite erobert, datt heißt, sie hamet sich au vorne vor de Haustür gemütlich gemacht. Dieses Jaah hamwer zwei Neuzugänge: Little Red Hat, ein ausgesprochener Bücherwurm, der sich nich so gut mit Goethe versteht, sons abber keine nenneswerten Integrationsprobleme hatte (er spricht kein Wort und liest den ganzen Tach aus einem Buch mit leeren Seiten) und Zwerch Zwei, Michel, mein Sorgenkind.

Wie ich die Tage so rauskomm, da sitzter da bei strahlenden Sonnenschein unterm Basilikum und heult, daddet eim fast datt Herz bricht. Nu muß ich noch dazu sagen, dadder nahezu traumattische Erfahrungen gemacht hat, bevorer hier bei uns inne Freie Gärten Lirich ankam. Er waa Zweerch inne Zechensiedlung gewesen lange Jahre, als nach deren Verkauf und Luxussanierungen (mit Jakuzzi im Schweinestall un Sauna im Kabäusken) andere Menschen Einzuch hielten. Immer öfter lagen nun Zwerge erdolcht inne Gärten, waren Lynchjustiz zum Opfer gefallen odder in ihre Sitten völlich verroht. Mit obszön entblößten Geschlecht (da zeicht dä Zwerch seine wahre Größe) lauertense nu im Oleander um haamlose Schrebbergärtnerinnen zu erschrecken, die dort ein Wegerecht zu ihre paaZellen hatten.

Michel waa dann hier angekommen, nachdem er durch einen glücklichen Zufall hatte kneizen gehn können. Sie wissen ja, datt Zwerge nich so ohne weiteres datt Grundstück verlassen können. Abber Michel hatte et geschafft – dank Max, dem Dackel von Oppa Lindner. Abber datt is eine ganz andere Geschichte.

Zurück auffen Michel:

Der saß nu da und heulte. Nachdem ich ihn ein bißken aussen Basillikum inne Sonne geschoben hatte und er richtich gut durchwärmt waa (Wärme hilft immer. Nich nur bei Zwerge.), da hadder mir dann unter Schluchzen berichtet, watt ihm bedrückt: „Da hamwer all die Jahre geschuftet, ham gefeecht, gegraben, geangelt, ham mitte Schubkarr die Blümkes durche Gärten gekarrt, gepflanzt, gewässert … mitte Laternen hamwer sogga nachts die Vorgärten ausgeleuchtet. Einige von uns ham sogga inne Haushalte mitgeholfen (Anmerkung der Zwergenmutter: die Heinzelmännchen sind entfernte Verwandete) und gezz? Sindwer übberflüssich. Machen alles Maschinen. Rasenmäher, Zeitschaltuhrn, Solaalämpkes, compjutergesteuerte Sprinkelanlagen, gezz sogga schon künstliche Blumen. Bewegungsmelder – als Frösche getaant. Quaakende Enten aus Peking. 'Spießbürgerlich' nennense uns, 'kleingeistich', 'verkitscht' und 'verkinscht'. Für unsere Abbeit wernwer verlacht und verhöhnt, man vertreibt uns ausse Gärten un Blumenkästen, die ersten wurden erdolcht un gehängt. Von der alten Sippe is bald keiner mehr da, Mimi, gezz machense sich dran, diese Unsittenzwerge zu klonen, inne asiatische Plastikfabrikken laufen die schon vom Band. Wo soll datt alles noch hinführn?"

Ährlichgesacht: datt ahnte ich.

Abber um nix inne Welt häddichet dem Michel sagen wolln.

Hätten Sie datt übbert Herz gebracht? Zwerge sind nich anders als wir.

Also habbich ne Krisensitzung unter de Tanne einberufen und die Sache mit alle Freie Zwerge Lirich besprochen. Goethe meint, der Verfall der Sitten sei schon so weit fortgeschritten, daddet fast schon zu spät sei. Abber eins ging noch. Dann hadder watt erzählt von Osmose … nä … Moment, da hatte ich doch ne Eselsbrücke … Lieblingsbrötchen … Römischen Gott mit f und Buxe: also Mett-Amor+F und Hose, genau: Mettamorfhose.

Also dä Vortrach will ich Ihnen erspaarn, nur soviel: Wir machen datt.

Watt immer datt is. Little Buddah, unsern Meditationszwerch sacht, er weiß nich nur waddet is, er kannet au und bringdet uns bei.

Wir machen also gezz alle Mettadingenskirchen, watt im Übbrigen ganz einfach is un obendrein au noch Spaß macht. Im Moment sindwer inne dritte Übung.

Vonne Raupe zum Schmetterling. Meditatief versteht sich. Goethe sacht, wir machen datt schon ganz gut. Er mußet wissen, Kluchscheißer.

Dä Michel übbrigens macht nich mit. Hat sich ein Plätzken im Baldrian gesucht. So warer schon immer, sacht Heine, der ers letzte Woche bei uns eintraf, und Michel wohl von früher kennt: Er verdrängt ganz gern. Nix hörn, nix sehn, nix sprechen. Manchmal liest Michel zusammen mit Red Hat in dem Buch, indem nix steht.

Ich wüßte gern, watt in den beiden vorgeht – abber sie sprechen ja nich. Sie schweigen. Tag ein, Tag aus.

Wir andern machen solang dieses Mettazeuchs. Goethe is schon gestern abgehoben, mir wachsen ers seit heute Flügel. Er kostet seinen Vorsprung zimmlich aus, der alte Angeber.

Wennwer weiter so Fortschritte machen, sacht Little Buddah, dann könnwer die Zwerge donnnoch retten. Wie genau, datt willer uns inne näxte Übung beibringen. „Liebe deine Zwerge wie Dich selbs." Ich denk, datt is zu schaffen.

…Goethe wird allerdings bißken watt zu knabbern haben.

Zwergen-Rodeo

Sie ham gefraacht, watt mit meine Zwerge is. Und ob wir die Metamorfhose schon anham, die Zwerge also gerettet sind.

Ich willet ma so sagen: ich weiß et nich. Zwerg Heine hat ein neues Gedicht verfaßt: Denk ich an Michel inne Nacht, da bin ich ummen Schlaf gebracht… Weil: Michel rührt sich immer noch nich. Nich hörn, nich sehn, nich sprechen. Sitzt Tach ein Tach aus im Baldrian und betäubt sich. Ährlichgesacht: ich weiß nich, wo datt hinführn soll. Wir andern versuchen alles, um ihm aufzuheitern, aber er? Lacht nich, weint nich. Ißt au nix mehr. Gestern bein großen Regenwurmfest hadder sich gaa nich ers blicken lassen, obwohl sogar dir große rote Nacktschnecke da war, um den Zwergen beim großen Rodeo zuzukukken. Meine Katzen mögen datt Rodeo, also datt kleine Vergnügen der Zwerge, nich sonderlich, spieln abber mit, denn se ham die Kleinen in ihr großes Katzenherz geschlossen. Datt Rodeo, bei dem die Zwerge überfallartig sich von Mauern und Bäumen auf (vorgeblich) ahnungslose Katzen stürzen, ist der alljährliche Höhepunkt eine ganzen Reihe von Frühsommerfeste. Selten gelingt et einem, sich länger als 15 Sekunden im Nackenfell zu halten, meist landen sie schon nach ein Augenblinzeln inne Petersilie. Wer dann nicht schnell genug wech ist, den befördert ein einziger Samtpfotenschlag in Windeseile in datt Mause-Loch am Ende der Wiese. Au meine Katzen pflegen ihre Vergnügen. Zwergengolf ist nur eins davon. Datt Zwergenrodeo hat übbrigens dä Meditationszwerch, Littel Buddah, gewonnen. Sage und schreibe 15 Minuten hielt er sich auf Mimi-Katz, die Gefallen an datt Spiel fand, und sich seither für Iltschi und Littel Buddah für den Katzenflüsterer hält. Mimi spricht den Michel nu immer mit „Winnetou" an und will ihm annemiern, mit ihr innen Abendhimmel zu reiten. Abber Michel will nich. Steicht nich in den Sattel, kuckt nich innen Himmel. Schweicht un rührt sich nich... Ich komm da nich mehr mit. Wir alle kommen da nich mehr mit. Der Deilmann, ein Neuzugang aus Datteln, meint, datt wächst sich aus. Aber wie bitte, sollte sich bei einem Zwerch watt auswachsen? Ich habe da mein Zweifel. Also warten wir andern weiter ab, feiern Feste und machen unsere Übungen: Kleine und große „Ommmm"s, Lotussitze, Frühgebete, Abendgesänge … wir versuchen weiter Metta … dingens. Goethe hat sich ein Rollmopsglas unter de Tanne gerollt, aus Birkenwurzel ein Pfeiffchen geschnitzt, sich reingeleecht un denkt nu au schon seit Tagen vor sich hin … Datt dä ma die Klappe hält, is äußerst selten. Gestern, als ich ihm fragen wollte, watt denn nu zu tun sei (dä Kluchscheißer weiß ja immer alles und vor allem: besser), da hadder knapp geantwortet: „Geh mir ausse Sonne." Dabbei stand keine am Himmel. Ich will ma so sagen: wir ham schon immer ein gespanntes Verhältnis er und ich, abber zu sonne Bemerkungen hab ich mich nonnich hinreißen lassen. Au nich bei Schlechtwetter. Et gibt also nix wirklich Neues aussem Freien Zwerchland … hier is au Sommerloch. Im wahrsten Sinne des Wortes, denn: eine Berchmannskuh und 3 Steinpilze sind übber Nacht verschwunden. Geklaut vermuttlich … weil … die könn nich wechgelaufen sein. Die waarn ja nich echt. Echt sind nur die Zwerge.

Einkaufsgebühren

Samstach, ich werd früh wach, da denk ich: Ach, watt ein schönen Tach, Mimi, bevor de Dich mit den Käptn Hugo und datt Seemänneken aum Sonnenwall für Mittach triffs, da gehße ma widder schön lange übber de Kö die Brunnen kucken, dann machße einen schönen Spaziergang durchen Kantpaak und watte einzukaufen hass, datt erleedichße au alles mit – inne Zitti krisse ja alles.

Ich also schnell Tässken Kaffee, Zeitung dabbei, und et gab au gleich watt zu lachen, so datt dä Tach gut anfing. Auffe Titelseite: Fotto vonnen Clement, wie er grad von ein Soldat seine Jacke zugemacht kricht. Überschrift: „Ministerpräsident abmarschbereit für Bosnien". Konndich nich anders, mußt ich lachen, weil ich an die letzten Wahlplakate dachte: „Clement – weil er es kann". Weil er es kann! Und dann krichter nich ma alleine dä Annorak zu …

Abber egal, gegen Neun war ich dann inne Zitti, in der de alles kriss, nur kein Paakplatz. Die Lage is schwierig geworden. Nachdem ich fuffzehn Minuten die Kö (die Düssburger) umkreist hab, bin ich dann auffen Burchplatz fündich geworden. Klaa, Samstach is ab Freitachmittach im Rathaus Schicht. Wie ich so an dä Verlustierautomat steh un die Preisliste studier – da trifft mich fast dä Schlach!!! Ich hatte gerade dä Einkaufsbummel ma zeitlich übberschlagen. Et war halb Zehn, Frühstück bei Dobbelstein, Mittach bei Heinemann, quatschen, einkaufen und spazieren: bis halbdrei würd ich brauchen. fümfzehn Maak!!!! Ein Einkaufsbummel in Düssburchs Zitti: 15 Maak Eintritt.

Ährlichgesacht: Da muß sich keiner wundern, wenn die Leute gleich inne Centros un Multikästen fahrn. Wenn datt nich bald aufhört, datt Plündern, dann Nacht Mattes. Und komm mir keiner und erzähl mir watt von Bus. Wenne kein Kerl hass, der dir die Taschen schleppt, da siehße alt aus ... hasse die Lebensmittel und dä Sack Katzenstreu schomma bis am Bahnhof gewuchtet, kannze zu Hause im Stehn Maiglöckskes pflücken.

Ich bin dann vom Burchplatz widder wech und hab ein Plätzken für umsons versucht zu finden. Watt nich leicht is, denn ein Battalljon von Frauen, die sich allesamt die Annoraks selbs zu machen können und immer marschbereit sind, also, datt Battallion „Knolle 30" hat ja Neudorf eingenommen und is gezz bis inne letzte Ecke von Düssern vorgerückt. Sie ahnen datt schon, ne? Ich war schangsenlos, am Ende donnoch mit 12 Maak dabbei und hatte datt zweite Frühstück verpaßt.

Appropoppo „Knolle 30". Habbich vonne Polizei ein Fotto geschickt gekricht. Kein Autogrammwunsch. War geknipst anne Berufsschule, wo ich dreißich fahrn muß, weil die Auszubildenden auffen Weech von ihr Auto bis inne Tür wegen wilden Wechsel schwerstgefährdet sind.

Gut, zu holen is bei denen nix – aber warum nimmt denen eigentlich keiner dä Führerschein weg, wennse mitte Regeln schon zu Fuß nich klarkommen?

Mäuskes

Sie müssen wissen, datt alle meine Katzen schon immer Royalisten waren. Eigentlich hatten se damals, als Lady Di gestorm war, ihre Augen ganz auf datt schwedische Könichshaus geleecht und mittet englische gebrochen – wegen Lisbeth.

Lisbeth gilt ja in Katzenkreisen als böse Schwiegermutter, und et gibt schon viele Legenden, die sich dadrum ranken.

Auch datt dä Tony Plärr die Katze ausse Downing Street rausgeschmissen hat, als er da eingezogen is, tat ein Übbriges. Sagenwer ma: Datt hat die Beziehungen zu England in Katzenkreisen nich gerade gefesticht.

Wie gesacht: dä englische Könichshof is nich hoch im Kurs – bis gezz auf Queen Mom. Inne Beliebtheit isse direkt nach Kater Mikesch und Maunzerle auf Platz 3. Weil, so meint meine Mimikatze, weil die auch immer so aussieht, wie ausse Augsburger Puppenkiste … datt Köppken so leicht geneicht und am Wackeln und am Lächeln.

Am Schönsten, sacht Mimikatz, am Schönsten is, wennse winkt. So richtich könichlich. Und da hebt sich schon datt kleine Pöötken zum Gruß. Mimikatz übt.

„Sachma", fraachte se mich nache hundertste Geburtstachsparade mit nem Blick auf Schaals, „sachma, glaubß Du, datt dä noch Könich wird?" „Nä", habbich gesacht, „glaub ich nich, der hat zur falschen Zeit annet falsche Mäusken geknabbert."

„Also doch! Menschen fressen doch Mäuse!" sacht Mimikätzchen.

„Nein", habbich genervt geantwortet, „der hat die Camilla nich gefressen. Wie soll ich datt bloß erklärn

… er hat ihr nur ein Küßken gegeben." Ich hab nichmehr dammit gerechnet, datt ich die Sprachverwirrung nochma aufgelöst krich, da kam datt Kätzken
und gab mir ein Riesenkuß auffe Nase.
„Ich hab Dich zum Fressen gern", hattse mir innet
Öhrken gelispelt.

Heute eine Königin.

KRIPPENSPIEL

Ich weiß nich, wie Sie datt halten inne Adventszeit, watt mich angeht, da bin ich vorsätzlich sowatt von sanftmütich, datt die inne Polletik machen können watt se wollen: Ich reech mich nich auf. Datt is ja die Freiheit des kleinen Mannes: Er kann sich ständich aufregen – is abber nich dazu verpflichtet.

Langsam abber is vobbei mit meine buddistische Gelassenheit – gestern find ich ma widder die Hälfte vonne Weihnachtskrippe nich. Nu is datt ja so – die einen haben Kinder, die andern Katzen. Ich gehör zu den andern.

Seit Jahrn gibbet bei uns Theater inne Weihnachtszeit, weil erstens: ewich die Krippenfiguren weg sind und zweitens: die Sache mitte Tanne nonnich ganz rübbergekommen is.

Datt die Kugel nich zum Ballspielen freigegeben sind, datt et sich bei Lametta nich um eine spezielle Lianenart handelt und datt, wenn überhaupt einer inne Krippe zu liegen hat, datt datt dann datt Christkind is. Die bundesdeutsche Weihnachtsfichte is au nich für Freekleiming geeichnet und datt Bannschischamping ohne Seil vonne Christbaumspitze is sobbiso verboten.

Wie au immer: gezz is die Schaafsherde erheblich dezzemiert. Lillischatz und Mimikatz ham mir auf Nachfrage ein längeren Vortrach gehalten übber Skriepie, dä Schafswahnsinn – so sei datt Fennemen vermuttlich zu erklärn. Nich anders sei datt mitten Ochs – BSE, notgeschlachtet. Den Rest müßt ich im Landwirtschaftsministerium erfragen, sie wüßten von nix.

„Gut", habbich gesacht, "dann laßt uns eben übber datt Christkind reden."

„Wo isset?" „Meinzeit", lispelt Lili, „datt waa letzt Jaah – woher soll ich datt heut noch wissen?" Ich sach „Gezz mach abber ma nen Punkt, Frollein. Ihr habbtet vertrödelt und ihr schafft datt gezz herbei, heut namittach is die Krippe komplett odder … odder … ich hol ne Maus!"

„Um Himmels willen", maunzt Lili, rast los und kommt kurz drauf mit zwei Schäfkes zurück „Spielverderberin", fauchte se mich an und half dann Klein-Mimi, die dä Ochs hintern Schrank rauszerrte.

„Fehlt noch datt Christkind und dä Verkündigungs-engel", sach ich.

Kurz drauf laach au datt Engelken zu meinen Füßen.

„Und datt Christkind?" fraach ich. „Datt Christkind kommt ers Heilichabend."

Da sach ma watt gegen.

Falscher Hase

Nich gezz, datt dä Frühling schon ausgebrochen wär, abber wennse genau hinkukken: Datt erste zaate Grün is da. Ich weiß ja nich, wie datt mit Ihnen so is, abber ich blüh dann auf.

Dä Mensch is ja au Teil vonne Natur, und uns geht datt ja nich anders als den Bäumkes: Au bei uns will datt volle Leben widder inne Adern fließen.

Punktum: Datt waa traumhaft, die ersten Sonnenstrahlen und die milde Luft. Und wie ich da am Bertha-See sitz, da denk ich, ich seh nich richtich. Sitzt da Ethelbert, dä Osterhase, und spielt sich am dicken Zeh. „Und?" sach ich, „Lisbeth schon die Eier am färben?" „Nö", sachter, „eigentlich nich. Nur sonn paa, fürn privaten Gebrauch." O O – dacht ich.

Er waa die letzte Jahre ja immer schon knaatschich gewesen, wegen Paakgebühren, Knöllekes und weil se ihm die Eierkarre abgeschleppt hatten – mir schwante Böses, abber dä Hase schien mir nich sonderlich schlecht gelaunt. „Ach", sachter, „wir ham dä ganze Laden abgegeben. Au die letzten Anteile. Datt macht gezz die Eastern-Egg-AG, is ne hundertprozentige Tochter von Juneitit Krissmäss. Du hälz dä Fortschritt nich auf", sacht er, „also kuckße am besten, wo de bleibs. Wir ham uns ein schön Häusken gekauft, Lisbeth stickt Kissen und die Kinder machen bei de Gründungsoffensive 'Jump' mit. Softwär. Firtuelle Ostern, verstehße – Ostern im Internetz!" „Wie?" sach ich, „im Internetz? Die bemalen die Eier im Internetz? Moorhuhneier womööchlich?" „Ja sicher", sacht Ethelbert. „Alles im Internetz. Ökkelogische Landreform, verstehße?

Übberhaupt: Alles, datt ganze Leben, datt findet morgen ja im Internetz statt. Wie sonne riesige Simmelazion, nur datt sich alle drauf geeinicht haben, datt die Simmelazion gezz für Echt gilt. Is datt nich toll, Mimi? Alles geht weiter wie bisher – nur aum Bildschirm. Dann fährße mitte Maus zur Abbeit, datt kost kein Sprit, die Luft wird nich verpestet, gehße firteel einkaufen, krisse per e-mail, die ganzen LKW's kommen vonne Autobahn und so…" Ich sach: „Hömma, Härzken, watt is mit mein realen Magen, wenner knurrt? Firtuell kann ich dem nich kommen." „Ah watt", sacht Ethelbert, „bis dahin gibbet dä virtuelle Magen odder datt Hunger-Gen is entschlüsselt, dann stellen die dä Durst gleich mit ab." „Wie?" sach ich, „und datt läßt dich alles kalt?" „Klaa", sacht Ethelbert und grinst, „mich geht datt alles doch nix an! Mich gibbet ja nur in deine Phantasie, datt is quasi wie firtuell. Datt trifft mich also nich", sachter und zieht dabbei mitte Pfoten an seine Weste. Weste! Sehnse – und da habbichet gewußt, et fiel mir wie Schuppen: Datt waa ga nich dä Osterhase! Ethelbert, dä Echte, erkennt man immer anne rote Turnbuxe. Wie oft habbichet Ihnen schon gesacht – und dann selbs beinah vergessen. „Warte, Freundchen, Dir werd ich helfen", hab ich gedacht, in mein phantasievolles Köppken ma dä Ausknopp gedrückt und die Augen aufgemacht. Weg waa der falsche Hase! Und dä Bertha-See glitzerte ganz wunderschön inne Sonne. Frühling im Pott. Blüht auf!

Relativ

Doch, et waa schön gewesen, datt Osterfest. Datt heißt, richtich müßte ich gezz schreiben: Wird schön gewesen sein. Denn wenn Sie datt hier lesen, watt ich von mein Osterfest schreib, dann isset für mich noch gaa nich gewesen und für Sie schon länger vorbei. Gezz is jedenfalls nichma Karfreitach.

Woranse sehen können, datt die Gegenwart des Lesenden (also Ihre) immer die Vergangenheit des Schreibenden (also meine) is. Datt daaf man nich vergessen. Au nich bei de Zeitungslektüre. Zeit selbs is ja schon relativ, dä Rest kannich nichma mehr denken. Für mich is heute Gründonnerstach.

Wenn ich Ihnen also gezz erzähle, wie mein Ostern war, obwohl et tatsächlich ers sein wird, dann is datt… Phantasie. So sind Schriftsteller nu ma. Denken sich einfach watt aus.

Passen dann abber, im Unterschied zu Pollitikern, die Wirklichkeit ihren Träumen an. Nich umgekehrt.

Wenn datt dann also au tatsächlich so gewesen sein wird, dann is datt abber keineswechs nur Phantasie oder gar gelogen.

Weil ich nemmich genau weiß, wie et sein wird, weil ich datt geplant hab (Eier sind schon bunt), weil ich datt Programm und dä Ablauf kenne (Christus wird gekreuzicht und auferstanden sein), et wird Eierpunsch gegeben ham (is schon angesetzt), und ich hab drei Tage ausschließlich im Bett verbracht, bis mir dä Rücken vom Liegen weh tat. Ich werd mich sowatt von ausgeruht ham, datt ich voller Hoffnung nach Pfingsten kucken kann. Gott is gerecht – irgendwann wird au dä Letzte nen Funken Geist abgekricht ham.

Ich glaub nich, datt Geist auf Dauer vorm Reichstach halt macht. Aber zurück auffe Planungen: wenn datt dann alles so eingetreten is, und et war gut gewesen und is vollbracht, dann ... dann bisse wirklich Künstler. Wenn alles schiefgelaufen is, wenn datt anders kommt, alze gesacht hass, dann bisse Stattplaner, Pollitiker, oder du hass nich genuch getan und aufgesteckt, odder hass datt von vornerein nich richtich ernst genommen und gedacht, ach, ich mach ers ma, ma kucken, wohin datt in 4 Jahrn führt, und: schuld sind immer die Andern.

Am Ende führt nemmich nur Beharrlichkeit zum Erfolch. Herz auch. Und Aufmerksamkeit, Achtsamkeit – all sowatt ehm. Und deswegen kann ich Ihnen heute (schon) sagen: mein Ostern waa wunderschön. Ich hab meine Liebsten, die, die leben, geherzt und geküßt, hab an die gedacht, die schon auferstanden sind und ich hab die Frohe Botschaft gehört. Datt Grün is ausse Zweige gebrochen, Kirschen blühn und datt Herz is mir aufgegangen. Er is auferstanden. Ich hab geträumt von einer Welt ohne Geld und davon datt der Mensch einma so hilfreich, edel und gut sein wird, wie er geschaffen wurd. Und Hoffnung und Zuversicht hat mir datt Fest gebracht. Und tief einatmen habbich können, watt mir ansonsten nur selten gelingt. Ein bisken Friede is gewesen – und wird sein. Und da hoff ich doch, daddet bei Ihnen au so is, datt Sie, gezz, in diesem Moment, genau in diesem! sich zufrieden fühlen. Glück, datt is eine Halskette aus Perlen zufriedener Augenblicke.

Ruhrstadt

Na, datt möchte ich sehn, wie wir hier ers „Ruhrstadt"
werden und knapp danach olümpisches Dorf! Stell Dir
vor is Olümpia und keiner kommt an! Also … ich will
et ma so sagen: Watt die Ruhrstadt (watt ein Name!)
angeht, datt is ja für uns, die gemeinen Bürger, schon
längs Alltach. Jahrelang waa ja inne pollitische Welt
einer dem andern sein Deubel und da mach datt schon
sein, datt sich datt vielleicht gaa nich bis nach
Duseldorf rumgesprochen hat, datt wir schon längs
„ein Pott" sind. Ich mein, datt is doch für uns Bürger
nix Neues, wir sind hier doch schon sowatt von zusam-
mengewachsen: da paßt übberhaupt kein Auto mehr
zwischen. Morgens die 42 auffe Schicht nach Dortmund odder Bochum, mit schön viel Zeit, für sich aus
alle Staus heraus ma in Ruhe zu bekucken, wie die
Nachbaan denn ihre Struktur am Wandeln halten,
nammittachs dattselbe dann zurück, diesma zur
Abwechslung übbern Ruhrstehweech, dann, gegen
Abend, die schwerstverdiente Kohle inne Centros und
Multikästen tragen (natürlich nur, wenn man datt
schafft, dä Stau ab Düssburch-Kaiserberch übber
Moers-Trompet, Neukirchen-Flünn und Kamp-
Linfort zu umfahren und doch noch vor Ladenschluß
einzutreffen).
Und komm mir gezz bitte keiner und erzähl watt von
Klimmt-Züge – da stehße doch au im Schnee von
gestern, seitdem die Bahn (schonwidder!) die Herbst-
offensiwe ausgerufen hat. Fußball auf Schalke, Kinno
in Mülheim, Theater in Essen – für unserein is dä Pott
schon immer dä Nabel der Welt gewesen. Gut, wir
ham gezz vergessen, die ein odder andere Verwaltungs-

ebene einzuziehen, in unsere Herzensmetropole, und au an Versorgungsposten für dä pollitische Nachwuchs und an ein anständiges Altenteil, da hamwer nich gedacht. Da mußet uns dann ja am Ende nich wundern, wenn vonne Spezialdemmekraten bis zur Fürstlichen Union plötzlich Jan un Jupp datt Übberlegen anfangen, wie man denn inne globallesierte Welt an ne noch größere Rahmschüssel kommt. Mindestens wie Berlin. Und genauso groß. Besser: noch größer. Am Besten „The Greatest Pott of the Hohl Wörld"!

Und deswegen muß gezz au alles her, watt die Berliner nich konnten, nich wollten, nich durften odder verpasst ham. Vom Transrapid bis zur Olümpiade. Nich gezz, datt ich watt gegen Olümpia hätt – et macht nur kein Spaß mehr, seitdem die Gewinner beim Doppingtest ermittelt werden. Abber keiner is ja so innowatief wie wir. Völlich neue Diszzeplinen könnten hier erfunden werden: Wer schaffet am schnellsten von Wanne-Eickel nach Hattingen? Hürdenlauf vom Fahrkaatenautomaten bis zum Selbsentwerter, mitten Metrorapid zum Brötchenholen, Pilsken stemmen anne Seltersbude. Nur die Blindgrünen werden wohl am Ende disquallefiziert, weil Rezzo Schlauch mitten getjuunten Porsche auffallen wird. Abber mutich find ich sonne Iniziatiefe schon. Fümmenzwanzich Jahre mitte unterschiedlichsten Lachnummern dä Verkehr zum Erliegen bringen und dann die halbe Welt einladen für zuzukucken und teilzuhaben, wie wir uns dä Eintraach innet Buch der Rekorde erstehn. Abber immerhin: olympischer Gedanke.

Dabeistehn is alles.

Rudi hat gesacht, Santa Claus sei gezz beim Ministerpräsedenten beschäfticht.

Ich also noch am gleichen Abend in Richtung Düsseldorf.

Und richtich: Da kamer grade aus dem Clement sein Glaspalast, schwere Tasche am Arm.

Watt war datt eine Freude, Santa heulte, ich heulte, inne Arme hamwer uns gelegen, und dann sindwer anne Glühweinbude, Hagebuttentee trinken.

So nach und nach erfuhr ich dann, wie sein Jahr gelaufen war.

Er hatte zunächst beim Osterhasen anfangen wolln, abber au da war alles zu spät. Die Eastern-Egg-Kampönie hatte die Freilaufhühner entlassen, et gab nur noch Jobs inne Legebatterie. Ethelbert, der Osterhase, hatte sich innen Wald zurückgezogen, wo er die Jachtsäsong überleben wollte.

Den Rest will ich Ihnen ersparn, et is alles grausam genuch, nur soviel:

Der Weihnachtsmann hatte mit Mühe eine ASS-Stelle gefunden, Fahrradbote inne Staatskanzlei. „Und", sach ich, „watt hasse da inne Tasche? Die gute Nachricht?"

„Nä", sacht er, „eher datt Gegenteil, Mimi. Datt is dä Plan für 'Die neue Metropole' Ruhrstadt."

„Und", sach ich, „kommen die Bürger drin vor?"

„Hohoho!" lachte da der Weihnachtsmann

„Hohoho!" fiel ich in datt Lachen ein.

Watt war ich froh, dadder widder lachen konnte. Und dann gleich übber sonn schlechten Witz!

Wie au immer: Nachem fümften Hagebuttentee warnwer so richtich in Form. Ich hatte ihn überreden können, sein Job sofort aufzugeben – Bote für Clement is nich dattselbe wie Verkündigungsengel, au wenn se ihm datt bei de Einstellung gesacht ham.

Gezz sitzen wer hier bei mir inne Küche und machen au ein Plan. Für die heilige Nacht. Wir brauchen ein BSE-freies Rind, ne Schafherde ohne Skriepie und datt Christkind. Und alles ohne MKS. Bis Heilichabend. Esel? Esel hamwer genuch.

Traumdeutung

Meinzeit – watt für ein Traum. Ich bin widder so
lebhaft, also meine Phantasie, sagenhaft, keine Ahnung,
wo datt herkommt. Also datt war so: Wir alle, Sie un
ich, alle Bürger eben, saßen in eine Vorstellung vonne
Miserablen, also Less Mieserabless, wie dä Franzose
sacht. Dann schluch dä Gong, dä Vorhang ging auf und
datt erste watt ich seh, is unsern Kanzler, völlich abge-
rissen, nur noch Fetzen aum Leib und ne Duschhaube
auffen Kopp. Und am Singen. „Ich brauche eine
Millionen, mir fehlt ein Koffer zum Glück …" Ich
denk noch „Mimi, wo bisse denn hier hin geraten", da
beginnt schon ein Duett datt Singen, Don Kohleone
und Hein Geysir. Der eine sang immer „War nich noch
ein Koffer in Berlin?" und der andere antwortete mit
den berühmten Reffreng „Heinerle, Heinerle, hab kein
Geld".Zwischendurch lief immer Angela Merktnix durchet Bild wie Marlene, die Göttliche, in Frack und
Zylinder, au am Singen: „Money makes the Kiep go
round, the Kiep go round … moneymoneymoney …"
Und vom Himmel reechnete datt dann Goldtaler. Eine
unglaubliche Inszenierung!
Ich weiß nur nich von watt. Denn grade, als ich innet
Programmheft kucken wollte, da brach tosenden
Applaus los. Ein Mann mit Kochmütze steppte wie
Fred Astair übber de Bühne und intonierte „Heini,
Heini, meine Welt sind di Bä-hä-rge". Da sieht man
ma widder, watt datt Unterbewußtsein au Nachts noch
am veraabeiten is, wattet tachsübber nich auffe
Reihe kricht. Ich mein, dafür brauchße ja gezz nich
Siechmund Freud persönlich zu kennen, für zu wissen
watt gemeint is.

Spätestens bei datt Heidi-Lied is au dem ungeübten Traumdeuter ja klaa, daddet umme Schweiz geht. Datt Land übt ja auffe politische Welt ein ungeahnten Reiz aus. Egal, oppe Geld aum Paakplatz abholen willz odder für datt Geld ein Paakplatz suchß odder dich am liebsten inne Badewanne ertränken möchts – alles singt dä alte Torianischlager „in der Schweiz, in der Schweiz, in der Schweiz". Ich mein, da kammann ja nur Alpträume kriegen. Alle heißen Hase, wissen von nix, wolln ihre Geheimnisse mit innet Grab nehmen (Kanther!!! und Prinz Casimir – nich ma dann gibtet ein Vermächtnis!) und permanent flimmert ein Fachvortrach nachen anderen übbern Bildschirm zum Thema „Warum der Bock doch der bessere Gärtner is". Ährlich gesacht, ich rechne jedesma damit, datt die Bildröhre durchknallt, datt is sowatt von empörend, datt selbs bei sonn Gerät du damit rechnen muß, datt dem die Drähte durchschmorn. Watt mich angeht: Ich glaub hier keinem. Gar nix. Hier is soviel gelogen worden, datt au nur wer inne Nähe vonne Jauchegrube stand, am stinken is. Wie hat mein Omma immer gesacht? Unwissenheit schützt vor Strafe nich. Haben denn die alle keine Omma gehabt? Abber bevor ich mich hier aufreech zurück auf mein Traum vonne Miserablen: Am Ende stand datt Publikum auf, abber et sang diesma selbs: „Hörst Du wie das Volk erklingt, von unsrer Wut erzählt der Wind". Dann bin ich aufgewacht.

Alles fängt ganz von Neuem an, wenn der Morgen graut.

Ausse Ära Schröder-Köpp

„Samma", sacht dä Bommel für mich, „warum sachß
Du eigentlich immer Schröder-Köpf fürn Kanzler?
Hatt dä n Doppelname?" „Nä", sach ich, „datt is für
besseren Übberblick, datt gibt quasi die Ära an, in
derwer uns befinden."
„Also sowatt wie … vor Christus un nach Christus,
Mimi? Meinze datt?"
„Nä", sach ich, „kumma Bommel, vorher und nachher
– da macht sich datt quasi an ein großes Ereichnis fest.
In dein Beispiel: die Zeitrechnung annen Christus
seine Geburt. Da gehße von ein Zeitpunkt aus, ein
besonderes Ereichnis. Zum Beispiel, diesen Moment
gezz, wo ich dir datt erklär, watt dich gleich als
Erkenntniss wien Blitz treffen wird. Dä Zeitpunkt
quasi von deine Erleuchtung. Vorher. Nachher.
Bein Schröder is datt anders, da is et ehm nich die
Geburt von einen herausragenden Mann datt aus-
schlachgebende (da paßter sich einfach dipplematische
Geflogenheiten an), sondern bei ihm isset nich nur
ein einziges Ereichniss, sondern er hat mehrere
Hoch-Zeiten, also quasi sowatt wie eine Abfolge
verschiedenster, abber gleichwertich posizienierte
Frauen. Nemmich seine. Und an seine Seite.
Genauergenommen: hinter ihm.
Kennze ja, Bommel, ausse eigene Anschauung: hinter
jeden ganzen Kerl steht eine kluge Frau. Und bein
Schröder eben immer ne andere. Weil, datt is gezz die
Neuzeit, Bommel. Strukurwandel, verstehße? Dä Satz
is nemmich alt, dä is noch vonne Omma, heutzetage
müsste datt nemmich heißen: hinter jeden erfolchrei-
chen Mann stehn nacheinander mehrere kluge Frauen.

Pluralismus, Bommel, verstehße? Geistigen Pluralismus. Heute, inne Ära Köpp, interessiert er sich für Kinder un Erziehung. Gestern, inne Ära Hillu, da waarer mehr feggetarisch, da hadder sich für die Kollision mitte Grünen fit gemacht." „Und moin?" will Bommel wissen. Morgen, Bommel? Watt weiß denn ich? Hauptsach, die stehn nich ma gleichzeitich da. Und reden dann alle durcheinander.

Mauerblümkes

Meinzeit, gezz habbich Wochen übber Polletik geschriem und hätt beinah drübber datt wirkliche Leben vergessen. Et grünt, blüht und duftet, summt und brummt, daddet nur so die wahre Freude is. Ich hab ja draußen vor de Haustür sonn klein Mäuerken. Datt geht bis anne Straße und hat, wegen diese neuen Garagen, ein unverbaubaren Blick auf die Stelle, wo letzt Jaah noch dä wundervolle Kirschbaum in Blattermann seine jetzige Einfahrt stand. Nach Ablauf einer angemessenen Trauerzeit und weil mir datt gezz alles zu trist und zu öde waa, da bin ich ma Sperrmüll abgefahrn, und hab mir eingesammelt, watt Sie rausgestellt ham: Balkonkästen in unmodern Grün, Terrakottatöpfe ohne Disein, Körbe mit ohne Henkel. Für datt gespaate Geld habbich mir Erde und Blumen gekauft und gezz sprießt am Mäuerken von Lavendel bis Basillekum, Stiefmütterkes un Männertreu alles. Leggendär wird datt, wenn ers die Flaschenkürbisse ausse Biotonne sprießen. Wie au immer – ich hatte mich inschpieren lassen, vonne Nachbarin gegenüber, die seit dem Frühjaah schonn eine Kompesizon aus Maggeritten, Petunien, Butterblümkes und Annemonen am Sprießen hat, datt einem datt Herz übberläuft. Gezz inschpieriern wir wohl schon zu zweit die Andern, denn neuerdings gibbet kleine bunte Oasen auffe ganze Strasse. Also nich gezz soviel, wie ich hier übbertreib, abber: datt blühende Leben scheint anzustecken. Wenn Sie irgenswo im Stadtbild an ungewöhnliche Stellen Sonnenblumen sehn: dann waa datt vermuttlich Kalleinz. Kalleinz leecht wo et eben geht ein Saatkorn inne Erd und läßt die Sonne

aufgehn. Wie einst dä Schäfer in Frankreich, der in sein Schäferleben einen ganzen Eichenwald gepflanzt hat. Und datt habbich Mamma so erzählt, und ihr vorgeschwärmt, wie datt wohl wär, wenn jeder sich au nur um einen einzigen Blumenkasten kümmern tät. Wenn plötzlich die ganze Straße, ahwatt: die Stadt, datt Land, – wenn alles alles voller Blumen wär! Mamma meint, da könnt ich lang von träumen. Den Meisten sei selbs n Kaktuss zu pflegebedürftich.
Ich mein … ich sollte au noch Appelbäumkes pflanzen.

Verona für President

Meinzeit, – watt ein Wirbel. Erinnernse sich noch? Datt Omma Kiekenbusch dammals gesacht hat, sie will se? Verona for President? Omma Kiekenbusch fand datt gut, weil datt Dixieklo dann reicht für Regierungssitz und wir uns Schloß Bellfü spaarn können. Sehnse – und so schnell holt die Wirklichkeit die Satire ma widder ein. Verona will au, und die Paatein wolln au. Kannze ma für, datt dä Kanzler se zur Scheffsache macht. Da is datt doch kein Wunder, wenn ich demnäxt friernd und brotlos inne Freie Dachkammer Lirich hock, weil jeder Hinterbänkler im Sommerloch für Kabbarettist awongßiert, und die Spinathäskes machen solang Polletik. Man glaubt datt ja alles nich: dä Westernhelde setzt sich im Contäner und Alizze Schwazzer entblödet sich nich, ausgerechnet Frau Fieldbush inne lilla Latzhose stecken zu wolln. Rolli drunner, versteht sich ...
Sagenset mir: wie tief wird diese Welt noch sinken? Datt Verona auf die Idee kommt inne Polletik zu gehen – datt is ja folgerichtig. Die wird paama Debatten gekuckt un dann festgestellt ham: Ach, viel heiße Luft und jede Menge Blupps! Da wirdse sich gesacht ham, na, wenn datt so is ... dann kann ich datt schon lange und aussehn tu ich allemal besser ... Tja, und gezz mischt sich ja die Kanzlersgattin au noch ein, hamse gelesen? Alizze sei altertümlich und Verona abber eine erfolchreiche Jungunternehmerin, un sie, also Dorris, hätt ma beobachten können, wie fein Verona einen ganzen Stab Männer dirigiert hat. Datt muß Frau Köpp impeniert ham, denn mit Herrn Schröder-Köpp selbs is wohl nich so leicht zurechtzukommen. Ihrn

Gatte, so sacht se, sei einer, der selbsbewußte Frauen deshalb sehr sehr gerne mach, weil die nich gleich in Tränen ausbrechen, wenn er aum Tisch kloppt. Sacht Frau Köpp. Sie wirdet wissen.

Und wir ers: er kloppt also nich nur aum Kabinetts-tisch – zu Haus is au scheins öfter ma „Basta" ange-sacht. So gesehn is klaa, datt Dorris sich nach geeich-nete Vorbilder umkuckt – und von Verona glaubtse ehm mehr lernen zu können als von Alizze...

Watt Frau Köpp nich weiß is, datt sich Stäbe von Männern immer leicht dirigiern lassen. Schwieriger is-set mitten Mann an sich.

Dä Sinn für die „Emma" kommt meistens ers mitte Scheidung.

Für Ernst

Nich mit mich!

Datt laß ich mir nich mehr bieten. Nu is gut, nu reicht et. Ich laß ihn mir nich wechnehmen Ich geb ihn r ich her! Niemals! Er is dä Fels inne Brandung, meine Verbindung zur Außenwelt, meine Uhr, mein Lächeln an Regentagen, mein Sonnenschein im Winter. Ich weiß nich, wie Ihrer is – meiner waa schon immer klasse: mein Briefträger. Pünktlich wie ein Maurer, früher immer, heute mußer abber manchma mehr Reklame verteilen als Briefe. Dann schleppter sich ab, und datt kann schomma später werden, abber nie sehr lange. Er tut, wadder kann. Seine Abbeit machter immer sehr gut – nur dattse ihm mittlerweile für Werbung mißbrauchen. Dann mußer mir Zettel einwerfen, die ich nich ham will. Er is zuverlässig wie nur watt, man merkt au sofort, wenn ma ein andrer unterweechs waa, ne Aushilfe, n' Springer, dä sich nich auskennt. Dann hab ich schomma die Post von Blattermann und dä widderum die von Schmitzens und dessen is bei Flodders, dann brauchen wir schomma dä Nammittach, um uns auszutauschen. „Unser" Briefträger waa und is die letzte Bastion von Menschlichkeit in eine Automatenwelt. Wenner in Rente muß, eines Tachs – gut, dann habbich mich abzufinden. Abber ich will, datt er höchstpersönlich noch sein Nachfolger einaabeitet. Ich will, datt datt bleibt, wie et is. Denn et is gut so. Ich will weder Hopser noch Springer, ich wollt schon keine Call-centers – ich will au keine Bring-Boys. Ich will einen Briefträger, der sich auskennt, der zu mein Viertel gehört, auf den ich bauen und vertrauen kann und

keine studentische Hilfskraft, die lieber inne Disco gejobbt hätt. Ers werden die Zweichstellen geschlossen und ich muß zu diese Kinderpost inne Lottobude, dann hängse mir die Briefkästen ab und ne Stadt wie Oberhausen hat nich ma mehr ne Hauptpost – aber einen lustigen Gemischtwaarnladen. Und kein Briefmaakenautomat hat je so funkzieniert wie dä Schalterbeamte. Da plästern se datt Geld inne Formel 1 raus, vergolden Herrn Gottschalk un sein Bruder – aber mein Briefträger is zu teuer? Wie gesacht: Nich mit mich. Und nich mit ihm. Und nich mit Ihrem.
Basta.

Eine Lanze... für uns gebrochen

„Der Deutsche ist kein Dienstleister. Er bedient lieber eine Maschine als einen Menschen."
Hatt Lodda Späth gesacht, dä Optiker mit Durchblick aus Jena. Sehnse, und da daaf man gezz nich einfach drübber wech gehen. Mit solche Ansichten gestalten sonne Menschen ja die Welt. Zunächst ma, da weiger ich mich ja schonn grundsätzlich zu sonnem Urteil übber „den Deutschen" zu kommen. Dä Deutsche? Et gibt die unterschiedlichste Menschen, die wir gelegentlich vereinfachend als „die Deutschen" zusammenfassen – abber wir müssen uns davor hüten, pauschal zu nem Urteil zu kommen, datt die indiwiduellen Fähichkeiten un Eigenheiten außer Acht läßt odder ihnen, nochschlimmer, nich gerecht wird. Als näxtes müssenwer dann feststellen – da kamman grade im Pott ein Lied von singen – datt die Fähichkeit, fühllos und stupide Maschinen zu bedienen, genau datt waa, watt man hier jaahzehntelang vonne Menschen gefordert hat. Wer sich mit seine Hände Abbeit ernährn wollt, als die Industrialisierung anfing, dä mußte lernen, Maschinen zu bedienen. Datt die heute von Kompjuter bedient werden – da können wir nix zu. Abber et bedeutet, datt die erlernte, seelenlose Fähichkeit zu nix mehr nütze is und wir erneut lernen müssen. Genau datt, wo all die Jahre kein Hahn nach gekräht hat, als unsre Abbeitsprozesse entmenschlicht waarn: dä Umgang mit Menschen. Datt Gegenteil – von heut auf moin. Sonne Kehrtwendungen können Pollitiker von gezz auf gleich – dä normale Mensch brauch Zeit. Zu sagen „der Deutsche bedient lieber Maschinen als Menschen", heißt, ihm Wille, Fähich-

165

keit odder beides zum Dienst am Menschen abzuspre-
chen. Ich abber kenn wundervolle deutsche Kellner,
Frisöre, Taxifahrer, Krankenschwestern, Altenpfleger,
Kassierer, Verkäufer … Ich kenn au welche, die den
Dienst für Menschen erneut oder erstmalig lernen und
eine Empfindungsfähigkeit entwickeln müssen, die
sons abber überall abgelehnt wird, wose wirtschaftli-
chen Interessen im Weech steht. Sowatt sacht man
nich, Herr Späth! Odder hasse mich jemals sagen hörn:
„Dä Pollitiker is kein Diener des Volkes. Er bedient
sich lieber selbs als die Bürger." Hasse nich.
Aus guten Grund: ich glaub an die Lernfähichkeit des
Menschen.
Und ich denk nach, bevor ich watt sach.

Datt Ende ?

Watt ein Mensch is, so sacht dä Präsident der Max-Plank-Gesellschaft Hubert Markl, datt stehe keinesfalls fest. Watt ein Mensch is, datt sei eine Frage der Definition. „Mensch", datt sei ein „kulturbezogener Zustandsbegriff" und „keine biologische Tatsache". Datt Hubertchen, datt können Sie sich sicher schonn denken, is für die Forschung an Babyzellen. Unbedingt. Im wahrsten Sinne des Wortes, denn Entscheidungen, sacht er, müßten immer für den Fortschritt fallen – selbs, wenn dabbei Grenzen übberschritten würden.

Ich erzähl Ihnen datt gezz hier alles, weil ich denk, datt wir uns da nich raushalten können, ausse Diskussion. Datt geht hier nich mehr um Freilandversuche mit Mais, die man von Zuhaus aum Sofa führt, solang dä Mais noch ausse Dose kommt. Et geht um den Menschen an sich. Und da is Herrn Markl seine Rede ein bemerkenswerter Meilenstein. Der, an dem nemmich au dem Letzten klaa sein müßte, wohinet geht. Der Mensch – ein Zellklumpen. Wir – zur bloßen Begrifflichkeit verkommen? Sie und ich, „Menschen", stehn zur Disposition. Ich, die ich mich für einzichartich hielt unter Gottes vielen Geschöpfen, wie jeder Mensch einzichartich is, bin also nich ma eine biologische Tatsache? Und Sie, ja Sie sind – wie ich – au nur ein „kulturbezogener Zustandsbericht."

Ich weiß nich, welche Probleme Herrn Markl plagen, vermute abber, au ohne Psüchelege zu sein, datt et sich um ganz tiefgreifende Probleme mit dem Mensch-Sein handelt. Würde ich diese unglaublichen Thesen folgen und hielte den Menschen für eine Definitionssache –

167

dann müt ich sagen, Herr Markl is keiner. Abber da is Gott vor. Ginge et nach Herrn Markl „unmenschlichen" (?) Vorstellungen, dann könnt mein Mamma, falls sie gennetisch unverändert datt Zellstadium übberlebt und widdergeborn werden sollte, also dann könnte meine Mamma mich im näxten Leben schon als Designermodell ham. Mimi – datt Kind ausse Weißblechbüchse. Blond, blauäugich und garantiert stubenrein.

Mamma sacht, sowatt wie mich, datt hätte se sich inne kühnste Träume nich ausdenken können. Abber sie nähm mich immer wieder.

Unbedingt.

Und unbesehen.